どんまいっ!

椰月美智子

幻冬舎文庫

どんまいっ！

目次

ゲイリーの夏

十七歳というのは、人生のなかでも最も輝かしく、若さがみなぎり、歩いてるだけで金色の粉がきらきらと舞うような、希望にみちあふれた年齢ではないのだろうか。

「んなわけねーだろ」

と一蹴《いっしゅう》するのはマッハだ。俺のダチ公。

「あーあ、やっぱ、工業高校なんてやめればよかった。つまんねすぎる」

もちろん男子校である。唯一期待できる女性教諭は、学校側が身の危険を察知してか、全員が五十をとうに過ぎたおばちゃんばかりだ。うちの母ちゃんのほうがまだ若い。

「朝っぱらから、なーに暗い顔しちゃってんのさ、ちみたちは」

最悪の週はじめ、月曜の朝からやけにハイテンションなのはキャメルだ。キャメルは三年になってからはじめたバイト先で見事彼女をゲットして、そればかりか、つい先日ウハウハな体験をした（らしい）。何度も同じ話をしやがって、マジでうっとうしくてムカつくけど、何度でもいいから同じ話を聞きたい俺らでもあった。

「俺さまはさあ、昨日もデートよ。ああ、卒業したらヨネちゃんとこのまま結婚しちゃおうかな」

こんなふうにすぐ女みたいなことを言うキャメルは、たばこのキャメルのパッケージに描いてあるラクダにそっくりだからキャメルと呼ばれている。左右離れた大きな垂れ目、鼻の下が妙に長くて、あごがない。首が長くてなで肩。早い話、ぜんぜんかっこよくない。

「キャメルよう。ヨネちゃんって呼び方どうなのよ。それじゃあまるで、おばあちゃんじゃんかよ」

このマッハの言葉の裏には、ヨネちゃんっていうくらいだから、どうせブスに決まってる。ざまあみろ、という心情が隠されている。俺も同感だ。しかしマッハの言葉に、キャメルがゆっくりと頭を振る。

「ヨネちゃんはイマドキのかわいい子よ。苗字《みょうじ》が米川っていうから、ヨネちゃんって呼んでるだけ。下の名前、まりあって言うんだぜ。米川まりあ。超かわいくね？」

まりあ、という名前を聞いたとたん、マッハも俺も負けた、とマジで思った。じゃあ、まりあって呼べよ……と小さくつぶやいたマッハの情けない声は、たぶん俺にしか聞こえなかった。

「ヨネちゃんもさあ、俺と結婚したいなんつってさ。ベッドのなかで俺から離れないわけ。もうかわいくてかわいくて、俺もこう、ぎゅうっと抱きしめたりしちゃってさ……」

俺もマッハも、聞くまい聞くまいと頭では思っているんだけど、ばか正直な身体《からだ》はその場から一歩も動くことができず、まんまとキャメルの甘い話を聞くことになる。まだ学校にも着いていない、私鉄駅の改札を出たところである。駅前にコンビニがひとつ。住宅地だけど、その間にぽつんぽつんと田んぼやら畑やらもいくつか見える。

今日もまた遅刻だなあ、とぼんやり思いながらも、耳はキャメルのうらやましい話にダンボ状態だ。一時間目がはじまる時刻になり、ようやくのろのろと歩き出す俺たち。頭のなかはキャメルとまりあちゃんの妄想でいっぱいだ。

だーっ！　彼女欲しい！　彼女彼女彼女彼女！

ようやく高三になったってのに、なんにも代わり映えしない俺の日常。夏には十八歳の誕生日が来てしまう。それまでに、どうしても彼女をつくって、なんらかの行動に移さなければ。手をつなぐとか、指を軽くからめるとかその程度でいいのだ。まずはなにかしらのとっかかりを……。

ああ、このなかで一体何人の野郎が女の子と関わりがあるんだろうか？　三十六人いるクラスで、六人くらいだろうか。いや待てよ、ラクダヅラのキャメルが聖母まりあさまと付き合ってるんだから、サル顔のモンキーだって、キツネ顔のスネオだって、チワワ顔のチンだって、パンダ顔の人民だって、はたまた中東顔のターバンだって、しゃくれ口の猪木だって、みーんな彼女がいてもおかしくはない。

とすれば、イケメンチームの、モコティやジャニやブロマイドなんかは、もち当たり前でとっくに済印？　ＳＬや中央線、アゲハやホルマリン、萌《も》え男なんかのヲタチームは、まあ除外だとしても……。

そう考えると、三十六人中二十人は女の子となんらかの接点があるということになる。うへーっ！　どうするよ！　俺とマッハ！　どうするよ、俺の十七歳！

それにしても、このへんなあだ名のオンパレード。呼んでるこっちまでアホらしくなる。

「ゲイリーくん。遅刻してきた上に、なにをさっきから頭を抱えて悩んでいるのかな。さあ、この英文に入る副詞を答えてちょうだい」

英語担当のすまし汁である。この四十代ですでにつるっぱげのチビだって結婚しているのだ。今日の朝だって、行ってきますのチューをしてきたかもしれない。昨日の夜だって……。

「はい、簡単ですね。ヒントはＳからはじまりますよ」

「シ……スエッ……セ……」

「はい？　なんですか。もう一度はっきりとお願いします」

「セ……エ…セ、セックス！」

思わずそう口走った俺に、クラス中は失笑の嵐。

「ここはsoですね。so kindとなります」

すまし汁は、何事もなかったようにそのまま授業を続行した。取り残された俺を、マッハとキャメルが指差して笑っていた。

「こないだの英語の授業のさあ、セックス口走り事件をヨネちゃんに話したらさあ、ゲイリーのことマジで気の毒がって、友達を紹介してくれるってさー」

「うっそ、マジで？」

マッハも興奮している。むろん俺も。エサを前に、ばふばふとよだれを垂らしている、腹を空《す》かせた犬みたいな心境だ。

「いつよ？」

「今度の土曜。どうよ？　いいっしょ」

ばふばふ、と内心よだれを垂らしながらもクールにうなずく俺とマッハ。

「場所は？　居酒屋系？」

マッハが勢い込んでキャメルに聞くが、キャメルは「ノンノン」とあやしい外国人のおやじみたいに、立てた人差し指を左右に振った。

「ヨネちゃんたちは健全なんだぜ。まずは、そうだな。動物園とか水族館とか、そのあたりはどう？」

ま、いいか。どうせそのあとはカラオケに決まってるし。キャメルは超カラオケ好きだ。見た目は悪いが、声だけはいい。歌もうまい。得意の一人コブクロでまりあちゃんを落としたに違いない。だって、顔だって勉強だってスポーツだって、どこをとってもえらくマイナスだもんな。

「三対三でいいよね。あんまり大人数でも大変だしさ」

いい！　いい！　いいに決まってる。ありがとうキャメル。

「ヨネちゃんの友達のなかでもとびきりかわいい子連れてくるってさ。お前ら、俺とヨネちゃんに感謝しろよな」

「もちろんでございます！」

頭を下げまくり、まりあちゃんの通う商業高校（もちろん女子校）の女の子とのトリプルデートが決まった。

土曜日、八景島シーパラダイス。マッハと俺ははじめて。キャメルはまりあちゃんと何度か来たことがあるらしい。なにを着ていけばいいのかすごく迷ったけど、きばりすぎるのも恥ずかしいので、いたってふつうにジーンズと長Tにしといた。けど、なかでもかなりお気に入りのやつだ。マッハも俺と同じような格好。

「あっ、来た来た！　ヨネちゃん、こっちこっちー」

キャメルがそう言って、大きく手を振る。向こうから女の子が一人、手を振りながら小走りにやって来る。あれがきっとキャメルの彼女、まりあちゃんだろう。そのうしろを二人の女の子が顔を見合わせながら歩いてくる。談笑しているようだ。俺たちの品定めといったところだろうか。

ガラにもなく緊張してきた。女の子とはじめてのデートだ。デートがはじめてというよりも女の子としゃべるのは中学卒業以来ないと言ってもいい。工場ラインの地味なバイトは、女といってもおばちゃんばっかだし……。

「ごめーん。待ったあ？」

ヨネちゃんである。これはまさしくヨネちゃんであった。率直に言うと、まりあちゃんではなく、ヨネちゃんだったということだ。

耳元で二つに結んだ髪。メガネっ娘《こ》といえば聞こえはいいだろうけど、ただのガリ勉ちゃんにしか見えない。格子柄のスカートに白いブラウスに紺のベスト。おしゃれでこういう格好をしているのか、それとも素なのか、うーん微妙。

「コウちゃん」

「ヨネちゃん」

といきなり二人でベタベタしはじめる。キャメルが「コウちゃん」と呼ばれていることに違和感ありあり。忘れてたけど、そういえば耕太って名前だったっけ。

この二人が本当にヤっているのかと思うと、敗北感というより、どちらかといえば「セーフ」という気がしないでもない。ヨネちゃんが服を脱いだところは、まったく想像できない。毛糸のパンツをはいていそうな雰囲気ですらある。

「おい、人の彼女をじろじろ見んなよ。勝手な想像してんじゃねえだろうな」

キャメルに耳打ちされて、きっと言ってることの方向性はまったく逆だけど、想像していたのは確かなので、ちょっとどきっとした。

「はやくはやくー。こっちこっち」

ヨネちゃんが、歩いてくる二人の女の子に向かって手をメガホンにする。俺とマッハは、互いに、期待すんのはやめよう的な目配せをし合った。ジーンズの尻ポケットに指を突っ込んで下を向き、なにもない地面を無意味に蹴《け》る。女の子の笑い声が近づいてくる。

「はい、全員そろいましたあ！」

ヨネちゃんの明るすぎる声。見下されている気がしないでもない。ようよう顔を上げて、さりげなく二人の女の子を確認する。

「あっ」

「うっ」

俺とマッハの声にならないうめき声。かわいい。冗談みたいに二人ともかわいい。ヨネちゃんの友達とはとうてい思えない。

「なに固まってんだよ、ゲイリーくんとマッハくん」

そう言いながらキャメルが俺たちを差す。今ので紹介は終わりらしい。二人のかわい子ちゃんたちはにこやかに微笑《ほほえ》んでいる。

「こっちが麻衣子で、こっちが愛ね。二人ともかわいいでしょ」

ヨネちゃんがそう言って、俺たちを愉快そうに見る。

「わたしがブスだから期待してなかったんじゃない？」

そんなことを、なんの含みもない笑顔で言う。俺は反省した。ヨネちゃんはすこぶるいい子だ。キャメルが慌てて、

「そんなことねえ！　ヨネちゃんは超かわいい！」

と、ヨネちゃんの手を握る。ヨネちゃんはしらけた顔で自分の彼氏を見ていた。

「俺、愛ちゃんタイプ。お前は？」

マッハに聞かれて「麻衣子ちゃん」と即答する。もちろん選べるという立場でもなく、二人ともとってもかわいいからどちらでもぜんぜんかまわないんだけど、俺の好みはだんぜん麻衣子ちゃんだ。肩までの栗色の髪、白い肌、控えめな笑顔。膝までのハーフパンツに重ね着したカットソー。

愛ちゃんのほうはショートボブで、大きな目とほっぺたにできる両えくぼで活発なイメージ。格好も古着っぽいジーンズに色落ちしたパーカー。

「さあ行くか」

キャメルがヨネちゃんと手をつないで先頭を歩き出し、俺たちはなんとなく、俺と麻衣子ちゃん、マッハと愛ちゃんという並びで、あとをついていった。

気持ちはうきうきるんるんである。俺と麻衣子ちゃんの距離は一メートルほど離れているが、それでもうれしい。ときたまチラッと見ると、麻衣子ちゃんもチラッと俺を見返し、頬を赤くしてほんのりと笑う。

「ゲイリー」

と、いきなりうしろを振り返ったヨネちゃんに名指しされる。

「麻衣子はね、ほんとにシャイなの。人見知りがすごいの。ねっ、麻衣子？　そうなんだよね」

麻衣子ちゃんがちいさくうなずく。かわいすぎる。

「でもゲイリーのこと、けっこう気に入ってると思う。麻衣子の態度でわかるよ、うれしそうだもん、麻衣子」

顔を真っ赤にする麻衣子ちゃん。ヨネちゃんも気を遣ってくれてありがとう。アホなキャメルには、やっぱもったいない。

「ほら、マッハと愛を見てみなよ。もうあんなに仲よしだよ」

振り向いて見てみると、二人の距離は十センチ。たのしそうに会話をしている。

「ゲイリーももっと麻衣子に話しかけてあげてよ。わかった？　ゲイリー」

そう言って、ヨネちゃんが俺の背中を勢いよく叩《たた》く。

「もう、ヨネちゃんってば。気の遣いすぎだよ。ゲイリーなんてほっとけよ。麻衣子ちゃんも嫌なら嫌って、はっきり言っていいんだからね」

余計なことを言うキャメルを完全無視して、麻衣子ちゃんにそっと近づく。うれしそうに微笑む麻衣子ちゃん。三十センチの距離を死守することを決める。

水族館に入ると、六人は自然と三つのカップルに分かれた。キャメルはヨネちゃんにべったりだし（こうして見ると、キャメルが一方的にヨネちゃんにすり寄っている気がする）、マッハと愛ちゃんはやけに気が合うらしく、二人の大きな笑い声がうらやましく響いている。マッハがあんなふうにはしゃぐ姿をはじめて見た。ちょっとあせる。

「麻衣子ちゃんは、どんな魚が好きなの？」

あせったついでにばかな質問をしてしまった。水族館とはいえ、低レベルすぎる。

「魚っていうか、イルカが好き」

はじらいながら答える麻衣子ちゃん、なんて初々しいんだ。俺が守ってやらなければ、と勝手に思う。イルカの水槽では麻衣子ちゃんに合わせて、じっくりと時間をかけて眺めた。

「かわいいね」

と麻衣子ちゃんのほうからはじめて声をかけられたときは、失禁レベルでうれしかった。イルカって、なんつーか哺乳類《ほにゅう》の神さまみたいな気がする。君たちの行いは、すべて知ってますよ、ってな顔してる。目の前を行き来するイルカたちを見ていたら、ふとそんなことを思い、それをそのまんま麻衣子ちゃんに伝えたら「それって、よくわかるかも」と、つぶらな瞳をうるませて賛同してくれた。

シロイルカという、バンドウイルカとはちょっと違った着ぐるみを着たようなイルカの水槽では、そいつが俺たちの前に来て、まるで俺たちの出会いを祝福するかのような笑顔でニヤニヤと笑い、電子音のような「ぴゅろーぴぴぴひゅー」という愛らしい声で鳴いてくれた。

「なんだか喜んでるみたい」

麻衣子ちゃんの感想だ。俺は大きくうなずいた。シロイルカからのエール。俺たちの未来は超明るい。

時間になってイルカやアシカのショーを観た。麻衣子ちゃんはもちろん大喜びで、目をきらきらさせてショーを観ていた。俺はといえば、そんな動物たちのショーよりも、隣にいる麻衣子ちゃんの横顔をちらりと見ては脳天を打ち砕かれたように呆《ほう》けたり、風でふうわりと漂ってくる麻衣子ちゃんのシャンプーの匂いに、頭がくらくらしっぱなしだった。

イルカがめちゃくちゃ高いジャンプに成功したときには、興奮した麻衣子ちゃんが「すごいね！」と、思わず俺の腕にタッチしてくれるというおまけもあった。もっと大胆に触ってほしかったけど、麻衣子ちゃんが慌てた様子で「ごめんね」と言ってすぐに手を離し、またもや頬《ほお》を赤くしたので、ますますかわいくて、俺はもう頭をかきむしりたかった。

「なんでもお見通しって顔してたね」

ショーが終わってから麻衣子ちゃんに笑顔で言われ、一瞬、俺のことか？　と有頂天になったけど、イルカのことだとわかって思わず苦笑いした。さっきの哺乳類の神さまの話だ。

俺の行いはすべてお見通しってわけだな、イルカくん。確かにショーの間、俺たちのほうを見て笑っていたような気がする。

「キャメル！　本当にサンキュー」

トイレでマッハがキャメルに抱きつく。俺も一緒に抱きついた。

「よせよ！　気持ち悪いだろ！　それにしても麻衣子ちゃんも愛ちゃんもまんざらでもなさそうだね」

キャメルの言葉に、喜びを噛《か》み締めてうなずく俺とマッハ。

「俺さ、なんか妙に気が合うんだよね。信じられないくらいにさ。もう運命って感じだよ。愛ちゃんも『運命かも』って言ってたしさ。俺、こんなうまくいくなんて思ってもみなかったよ。今まで待った甲斐《かい》があった、マジで」

マッハが小便しながら話している横で、うんうんとおおいにうなずく俺。まったく同感だ。

「俺さ、もう携帯番号とアドレスの交換しちゃったよ。ゲイリーは？」

「俺はまだ。麻衣子ちゃんはのんびりタイプだから、あせらずにいくよ」

と、実は内心あせっていたけど、落ち着きを装ってそう答えた。携帯は帰り際に聞くことにしよう。

水族館を出て軽食を食べた。クレープってもんをはじめて食べたけど案外いけた。ハンバーガーだってアイスクリームだって、もうなんだって、今まで食べたなかでいちばんうまかった。

そのあと、アトラクションに乗った。麻衣子ちゃんは意外にも絶叫系が好きだということで、実は絶叫系苦手な俺はまさか怖いとは言えず、麻衣子ちゃんと一緒に挑戦した。ブルーフォールはマジで死ぬかと思ったし、バイキングでは胃と脳ミソが、飛び出ては戻りを永遠とも思える動作で繰り返し、降りたあとはしばらくまっすぐ歩けなかった。

けど、麻衣子ちゃんのたのしそうな笑顔を見ればすべては帳消しで、この気持ち悪さすらプラスになるから不思議だった。

「じゃあ、最後はカラオケっつーことで」

八景島でひととおり遊び、それぞれのカップルが親睦を深めたところで、キャメルが提案した。そうくると思った。けど、ありがたかった。ちょっとだけアルコール飲んで、大騒ぎしないと麻衣子ちゃんと本気で向き合えない気がしていたのだ。

「麻衣子ちゃんはカラオケ好き？」

聞いてみると、「音痴だから苦手」という答え。お気に入りの歌手も特にいないそうだ。

「麻衣子はねえ、意外とおじさん好みなんだよ。昔の映画俳優とかが好きなんだよね」

ヨネちゃんがすかさずフォローしてくれる。へえ、映画かあ。最近は借りてくるばっかりで映画館に行ってないなあ。おっ、これはデートにこぎつけるラッキーチャンス。リバイバルでやってる映画とかに誘えばばっちりだな。

そして、カラオケボックスに入る前に、ヨネちゃんがこっそりと教えてくれた情報によると、麻衣子ちゃんはちょっとアルコールが入ると饒舌《じょうぜつ》になるらしい。携番を聞くならそのときがチャンスだよ、とヨネちゃんが矯正した歯を見せながら笑った。やはりキャメルにはもったいない女の子だ。

とりあえず男たちはビールで、ヨネちゃんはカルピスサワー、愛ちゃんはモスコミュール、麻衣子ちゃんはカルアミルクを注文した。

「では、今日のすばらしい出会いにカンパーイ！」

キャメルが音頭をとり、グラスを合わせた。さっそくリモコンを操作しているのはキャメルだ。予想どおり、しょっぱな、喉慣《のど》らしの一人ＥＸＩＬＥを入れていた。

マッハも愛ちゃんも一応カラオケ本を手に取って、ぺらぺらとめくっているけれど、とりあえず腰を落ち着けてのおしゃべりモード。ヨネちゃんはカルピスサワーを一気飲みし、さっそく二杯目の青りんごサワーを注文している。

「なにが好き？　なんか頼もうよ」

と、料理メニューを麻衣子ちゃんに渡すと、すでに麻衣子ちゃんの顔は真っ赤だった。

「ほんのちょっとでも、すぐに顔が赤くなっちゃうの、恥ずかしいよ」

確かにカルアミルクはほんの二センチ減っているだけだ。ああ、なんてかわいいんだろう。

「ねえ、ところでさ。なんでマッハとゲイリーなの？」

ヨネちゃんの質問に思わずぎくっとする。キャメルに紹介されてからの今日一日、その話題には触れられたくなかった。まさか今頃、カウンターパンチを食らうとは、

「キャメルの由来は知ってるの？」

とマッハ。ヨネちゃんは、もちろんだよと言って、きゃはは一と笑いながら、たばこのキャメルのラクダに、自分の彼氏であるコウちゃんが似ていることを、麻衣子ちゃんと愛ちゃんに丁寧に説明した。

「似てる！　すごく似てるう」

愛ちゃんは笑って、麻衣子ちゃんもおかしそうに笑った。キャメルはというと、しつこく一人で歌いまくりながら、こちらに向かってピースサインなんぞをする。自分の話をしているとわかったのだろう。続けてキャメルは得意の裏声でラルクの古い歌を歌う。確かにうまいけど、残念ながら誰も注意を払ってない。

「マッハは？」

と愛ちゃんが聞き、ヨネちゃんが横から、

「もしかして『マッハゴーゴーゴー』から？」

と言ってきた。

愛ちゃんも麻衣子ちゃんもきょとんとしている。

「ヨネちゃん、古いよー。そう聞く奴はみんな親の世代だよ」

とマッハが突っ込む。聞いてみると、ヨネちゃんのオヤジさんは、六〇年代アニメのヲタらしい。

しかしなぜこうもへんな呼び名が浸透しているかというと、俺たちが通っている高校の校長はかなりな変わり者で、生徒たちに「愛称」をつけることを推奨しているのだ。あだ名、異名、ニックネーム……。

「わたしの高校生のときのあだ名は『アイアンマン』です。理由は鉄のように強く、なにがあってもくじけない精神の持ち主だったからです。わたしはこのあだ名を誇りに思います。君たちも、その人に合ったあだ名をクラスメイトたちにつけてみてはいかがでしょうか。あだ名によって、新しいクラスにすぐになじめると思います云々《うんぬん》……」

新入生を迎える始業式で、必ずこの話をするのだ。だから俺たちはもう三回聞いたことになる。くだらねえ、と誰もが心のなかで思いつつ、実際に最初の授業が「クラスメイトの愛称決め」だったときには、この高校に入ったことをおそろしく後悔した。信じられないだろうけど、マジな話だ。

そしてあとから知ったことだけど、校長の名前は「鉄男」だった。ったく、なにが鉄のように強い精神の持ち主だ。自分の名前をそのまんま訳しただけだろうが！

とはいえ、そんなしょうもない理由で、うちの高校に通っている生徒（先生も含め）のほとんど全員にあだ名があるのだった。

「俺のマッハっていうのは、つまんない理由。名前が高速《たかはや》だから、マッハ。そんだけ。ありきたりでしょ」

マッハが愛ちゃんだけに言うように、じっとり見つめながら説明する。

「ふうん、そうなんだ」

とヨネちゃんがうなずき、愛ちゃんは「かっこいいね」などと言う。

「じゃあ、ゲイリーは？」

とヨネちゃんがすかさず俺に聞き、マッハがニヤニヤと笑う。

「ねえ、それって、ゲイリー・クーパー関連じゃない？」

と目を輝かせて言ったのは麻衣子ちゃんだ。麻衣子ちゃんの積極的な発言はうれしいけど、俺は目が点になってしまう。ゲイリー・クーパーって誰だ？　聞いたことがあるようなないような……。

「ほら、『誰《た》が為に鐘は鳴る』とか『モロッコ』とか」

麻衣子ちゃんが早口になる。

「麻衣子、そんなん誰も知らないって！　マニアックなんだから、もうっ」

ヨネちゃんがそう言って、笑いの方向に持っていってくれる。

「ゲイリー・クーパーってすごくかっこいいの。ちょっと口元が似てるから、それでゲイリーなのかなって思って」

麻衣子ちゃんが言う。そのゲイリー・クーパーって俳優の顔を知らないけど、かなりな二枚目だと推測した。どうもありがとう、麻衣子ちゃん……。でも、俺のあだ名はそんなかっちょいい理由じゃないんです。

「ほら、はやく言えよ。ゲイリー」

マッハのアホが俺をせかす。他人事《ひとごと》だと思っていい気なもんだ。

「で、なんなの？」

ヨネちゃんが聞き、愛ちゃんも麻衣子ちゃんも興味津々だ。仕方ない。言いたくないけど、こうなったら言うしかないだろう。麻衣子ちゃんに嫌われないことだけを祈る。

「……その、あだ名を決めるっていう授業のときに、俺、腹こわしててさ……、ちょっと何度か席を立ってトイレに行ったんだよね……、そしたらさ、戻ってきたときには、いつの間にかもう『ゲイリー』に決まっててさ……」

次の曲のスタンバイ状態で、キャメルの歌は小休止。しーんとなるボックス内。マッハは歯を食いしばって笑いをこらえている。キャメルも然《しか》りである。

「……すんません、そんな由来なんです」

ヨネちゃんがプッと噴き出した。つられて愛ちゃんも、マッハとキャメルも大笑いしている。チラと麻衣子ちゃんを見ると、なんともいえない顔をしている。それから、残りのカルアミルクを一気に飲み干した。ああ、神さま、仏さま。

「……でも！」

麻衣子ちゃんだ。顔が赤い。

「ほら、うちのクラスのポニーだって……」

麻衣子ちゃんのほんのちょっとろれつが回らないしゃべりを、ヨネちゃんが「まあまああ」と制する。

「うちのクラスにポニーってニックネームの子がいてね、なんでポニーになったかっていうと……」

急にしゃべり出す麻衣子ちゃん。

「わたしがその子に『次の授業なんだっけ？』って聞いたことがあったの。その子は『簿記』って答えたんだけど、わたしよく聞き取れなくて『なあに？』ってもう一度聞いたの。

そしたら、その子『だからあー、簿記よ、ぼ・き、ぼっ・きー』って大きな声で答えたの。それをまわりにいたみんなが聞いてて大爆笑。それから、その子のニックネームはポニーになったの。本当は『ぼっきー』だったんだけど、それじゃあ呼ぶほうも呼ばれるほうもあんまりだからって、ボッキーがポニーになったの。だから、だからね、ゲイリーってニックネームの由来は、それよりは、ぜんぜんいいと思うの……」

麻衣子ちゃんが一気にしゃべった。ヨネちゃんと愛ちゃんがはらはらした様子で見守っている。とたんに無口になる三人の男たち。麻衣子ちゃんのキャラと今の話がぜんぜん合わなくて、笑っていいのかどうかわからない。

しゃべり終わった麻衣子ちゃんの顔は真っ赤だ。カルアミルクのせいなのか、ポニーちゃんの由来を披露したせいなのかわからない。ヨネちゃんが麻衣子ちゃんの頭を「よしよし」している。

「麻衣子はゲイリーのこと、ほんとに気に入ったんだね」

ヨネちゃんがぼそりと言い、俺ははたと我に返った。

麻衣子ちゃんは俺のために、俺のしょうもないゲイリーというあだ名の由来のために、それに匹敵する話題を、恥ずかしがりながらも披露してくれたんじゃないか。

ああ！　麻衣子ちゃん！　なんていい子なんだ！

感動している俺をさしおいて、キャメルとマッハがどうにかこうにか笑い出し、愛ちゃんも「そうそう、あのときは超うけたよねー」と、声をあげて笑いはじめた。

「そうそう、だって『ぼっきー』だよ、『ぼっきー』。みんなで大笑いしたんだよね」

ヨネちゃんも思い出してか、本気でうけている。麻衣子ちゃんは変わらず赤い顔のままで、困ったような表情だ。かあっと胸が熱くなった。

「ありがとう！　麻衣子ちゃん！　マジで惚《ほ》れました！」

麻衣子ちゃんが驚いた表情で、俺の突然すぎる告白を聞く。

「好きです！　付き合ってください！」

そう言って、頭を下げて麻衣子ちゃんに手を差し出した。ぽかんとしていた麻衣子ちゃんは、ほらほらとヨネちゃんに促されて、そろそろと手を伸ばす。俺はその手をがしっと両手でつかんだ。

「よっしゃー！　やったぜ、ありがとう。大切にするよ、麻衣子ちゃんのこと！　ポニーちゃんにもよろしく伝えてよね」

麻衣子ちゃんは頰を赤く染めたまま、こくんとうなずいた。

それを見ていたマッハも俺の行動に触発されてか、愛ちゃんに「付き合ってください」と手を差し出した。愛ちゃんは当たり前のようにマッハの手をつかむ。

「イエーイ！　おめでとう。バカップル二組誕生！」

ヨネちゃんとキャメルが言い、俺は涙ぐみそうだった。付き合えるってのはもちろんだけど、麻衣子ちゃんの大きな勇気に対してだ。本当にありがとう。感動しまくりだ。

俺は、さっき土産《みやげ》物売り場でひそかに買ったシロイルカのマスコットを、麻衣子ちゃんに手渡した。

「やっぱり、なんでもお見通しだね」

麻衣子ちゃんが笑う。俺は、心のなかでイルカにお礼を言いながら、さらにぎゅうっと強く麻衣子ちゃんの手を握った。麻衣子ちゃんも、ぎゅっと俺の手を握り返す。

「たのしい夏になりそうだね」

麻衣子ちゃんに笑顔で言われて、俺は、ばふばふうと何度も大きくうなずいた。

まりあの王子さま

米川まりあは、今モテていた。商業高校から推薦で入学した平成美術リーフ大学。今年開校したばかりの新設大学は、デザイン科と建築科と電気工学科、以上三科の一年生しかいない。

都心から電車で二時間はかかるまりあの地元校で、まわりにはなんの娯楽施設もない。定員割れは必至で、入学希望者はほとんど無条件で入学できたという噂《うわさ》だ。

まりあの通っていた商業高校から大学に進学する割合は、平均でわずか三パーセントほどだ。高校時代、まりあの成績はかなり優秀で、学年で五位以内を常にキープしてたから、推薦は簡単にもらえた。

デザイン科は大多数が女子で、地元の子が多い。逆に電気工学科と建築科はほとんどが男子で、地方出身者が多い。

まりあは、「セカンドオピニオン」というサークルに所属している。いわゆる、夏はテニスorダイビング、冬はスノボーorスキーといった、ありきたりの軟派サークルだ。

「付き合ってください」

というセリフを、まりあはこの二日間で三人の男から告げられた。一人は「セカオピ」の一年生、もう一人はリーフ大学からいちばん近い大学である河東工科大学の「翼」というサークルの三年生で、「セカオピ」とは同盟を結んでいる。残りの一人は、同じクラスであるデザイン科の男。三浪した末にリーフ大に入ったというのだから、程度は知れている。

大学に入って、はじめての試験の手ごたえはまあまあだった。授業中に教授たちは、試験の問題をほぼあきらかにしてくれたし、あきらかにしてくれなかった課目のほとんどは、「〜について述べよ」とか「〜における〜について考察せよ」などの、文字数を埋めればなんとかなるだろう的な問題だったので、書くことが得意なまりあにとっては、願ってもない試験問題だった。

「ねえ、まりあってば、どうするのさ？　誰にするの」

学食で汗をかきながら担々麺《たんたんめん》を食べ、そう聞くのは、同じクラスで同じサークルのミューちゃんだ。

「まりあって、なんであんな子とつるんでるの？」

と、クラスメイトからはたびたび言われる。なんでだろう、とまりあは自分でも思う。ミューちゃんはその名前に似合わず、ガタイがいい。身長は百七十二センチで、百五十六センチしかないまりあからしてみたら、うらやましくてたまらないところだが、なんせ幅がある。体重は聞いたことはないが、まりあの予想では少なくとも九十キロは超えていると思われる。

耳の下でそろえられたおかっぱ頭は、自分で切っているとのこと（なかなか上手だと、まりあは思っている）で、カマキリの目のような形をした今どきめずらしい楕円形のメガネは、フレームからレンズがはみ出しているほどぶ厚い。近眼と乱視がそりゃもう大変で、とミューちゃんは言う。

服装は、たいていがTシャツにウエストゴムの綿パンか同じくウエストゴム仕様のフレアーのロングスカート。その格好は、さらにミューちゃんの体型を際立たせる。美夕と書いて、みゅうと読ませる。しごく美しくかわいらしい名前だ。

「あー、まだ足りない。カツカレー食べちゃおうかな」

ミューちゃんはまりあに言っているようでいて、実際は大きなひとり言なので、まりあは特に答えない。そうこうしているうちにミューちゃんは席を立ち、カツカレーを運んでくる。

「ミューちゃんってさ、昼食代とかけっこうかかってるよね。バイトしてないのに、よくお金が続くね。おこづかい、たくさんもらってるの？」

いくら学食が安いからといって、ミューちゃんは毎日相当な量を食べている。

「うん。昼食代として、親からけっこうもらってる。うちはさ、食べるものだけはケチるな、って家訓なの。食べたいときは、食べたいものを我慢しないで食べろってさ」

ふうん、とまりあはうなずく。うちの父親が「本を買う金だけは惜しむな」というのと同じかもしれない。いや、違うか。

「あ、今日のカツ美味《おい》しい。衣と中身がぴたっとしてる。たぶん揚げたのは、武井さんだな。栗田さんが揚げるときはイマイチなんだよね」

そう言うミューちゃんの口元から、矯正器具がちらと見え、一瞬スズメでも食べているのかとまりあはびびったけど、むろん目の錯覚だ。

ミューちゃんって、昔の私とどこか似てるのかもしれないなとまりあは思う。だからこうして一緒にいるのかもしれない、と。

高校卒業後の春休み。まりあはメガネをコンタクトレンズに替え、歯科の矯正器具を外した。幼稚園の頃から通っている、母親の友人が経営する理髪店を素通りし、友達に紹介されてはじめて訪れた美容院で、髪を明るい色にカラーリングし毛先にパーマをかけた。

親友の愛と麻衣子に連れられて、今まで着たことのなかった類《たぐい》の洋服を買い、そのついでにデパートの化粧品コーナーで美容部員のおねえさんに、ひととおりのメイクをほどこされ、基本セットを購入した。

「うっそみたいに別人！　かわいい！」

女友達は大喜びし、就職が決まっている二人から、たぶんもう着ないからということで、手持ちの服やバッグなどをけっこうもらった。

でも、まりあは自分を知っている。うわっつらは変わっても、肝心な造形は変わらない。基本的にはブス、と自分のことを思っている。だから、今回のこのモテようは、どうにも納得できなかった。

「あたしはさあ、河東大がいいと思うな。だっていちばん顔がいいじゃん。背も高いし。同じ大学だと、ほら、あとあと面倒ってこともあるからさ、やっぱ、河東大でいいんじゃない？　そうしなよ」

すっかりカツカレーを食べ終わり、レモンスライスがのっている氷アイスを食べているミユーちゃんが言う。

「どうなのさ、まりあは。誰が一押し？」

まりあは真剣に考える。真剣に考えたところで、どいつもこいつもたいしたことないのはわかってる。だって、わたしに告白するようじゃ……その時点で終わってるでしょ？

夕方、まりあはトルコ料理店のアルバイトに向かった。地元で一軒しかないトルコ料理店。けっこう美味しいと評判だから、晴れて高校を卒業したまりあの友人たちも来店する。小中の同級生たちにも偶然会ったりして、そのたびに「きれいになったね」などと言われると、やはりそれはうれしいものであった。

コウちゃんも一度来てくれた。ゲイリーとマッハと一緒に。まりあとコウちゃんは、高校三年の春から付き合っていたけど、卒業と同時に別れた。熱い時期はとうに過ぎていたし、でもだからって、まりあに別れるつもりはなかったけれど、コウちゃんのほうからなぜか別れを切り出された。

「俺は、ヨネちゃんの人生のお荷物になりたくないんだ。ヨネちゃんはこれから、大学という、俺が想像もできないような世界へ飛び立っていくんだ。俺は邪魔しないよ。でも、もし！　もしほんの少しでも、俺のことをあきらめきれない気持ちがあるんだったら、俺はいつまでも、どんなことがあってもヨネちゃんのそばにいるから」

まりあは、三分ほどよく考えた。よく考えた結果、べつにコウちゃんのことをあきらめきれないことはないなあ、という結論に達した。

「じゃあ、別れよう」

まりあが元気よくそう言うと、コウちゃんは男らしく涙を見せたけど、その涙はまりあの胸にこれっぽっちも響かなかった。

とはいうものの、コウちゃんとはたまにメールのやりとりをしている。コウちゃんは地元の繊維工場に就職して、今はもっぱら風俗にハマっているとのこと。コウちゃんらしい、とまりあは思う。

――ヨネちゃんと俺は、もう違う道を歩きはじめてしまったんだ。誰も責めることはできない。運命の神さまが決めてしまったんだ。だから俺はさみしくないよ――

風俗にハマっている、という文の前には、そんなようなことが書いてあった。なんだか気味が悪かったので、まりあはそのメールを即座に削除した。

確かに今は別々の道を歩いているとまりあは思う。一年ちょっと前の自分と、今の自分を比べると、いろんなことが変わったと思う。コウちゃんはコウちゃんで、わたしとはまた違う方向に大幅にズレていってるなあと、やけに冷静にまりあは思う。

厨房《ちゅうぼう》は下ごしらえや準備で慌しい。五時半開店。まりあはテーブルの上のナプキンを補充し、かわいらしい香水瓶に入っている小さな花を整える。

「まあーりあ、さん」

振り向くと、トルコ人のバハルが立っている。

「あっ」

とまりあが声に出したとき、ちょうど店のドアが開き、バイト仲間の響子ちゃんが入ってきた。

「おはよーございます。ギリギリになっちゃった。ごめんね、まりあ」

そう言って、まりあに向かって舌を出し、バハルに「はよーございます」と慌しく声をかけて、ロッカーのほうへ走っていった。

「まあーりあ、さん」

バハルがにこにこと微笑んでいる。

「あ、あの、ごめんね。やっぱり、わたしまだ付き合うっていうか、なんていうの、心の準備ができてなくて、だから、しばらくはこのままでいいかな」

少しの間を置いてからバハルは大きくうなずいて、「りょうかいしましたあ」と微笑んだ。

「ごめんね」

まりあが再度言って頭を下げると、「いいの、いいの」と大きな手のひらをひらひらとさせて、バハルは厨房へと戻っていった。

すっかり忘れていた！　まりあは自分のことながら呆《あき》れた。そうだった、バハルからも告白されていたんだった。一体ぜんたい、このモテキはなんなんだろう。まりあは自分で、そらおそろしくなる。

けれど、そろそろ彼氏が欲しいなあ、と思っているのも正直なところだった。だって、もう四ヶ月近くセックスしてない。まりあはセックスが好きだ。とても気持ちがいいし、同時に心が満たされ、豊かになるとも感じている。

まりあは、コウちゃんの前に二人の男性と経験があった。二人ともオジサンだった。街で声をかけられて、「ああ、こういうこともあるのだ」と妙に納得して、ついていった。オジサンはやさしくて、まりあにいろんなことを教えてくれた。オジサンといっても、三十代だった。二人目は四十代。四十代のオジサンのほうがもっとやさしかったし、もっといろんなことを教えてくれた。

だから、まりあはコウちゃんにもいろんなことを教えてあげた。コウちゃんはなにも知らなかったけど、そういうのもすてきだと当時のまりあは思っていた。

あ、その点だけでいうなら、バハルを断ったのは惜しかったかな、とまりあは思い直す。トルコ人のバハル。どういうものか試してみたい。むくむくと好奇心が湧いてくる。ああ、でもねえ、やっぱねえ、コミュニケーションがねえ、などともんもんと考える。

昨日、まりあが弟の部屋を覗《のぞ》いたら、中学生の弟はマスターベーションの真っ最中で、勝手に部屋を開けた無神経な姉に枕を思い切り投げつけた。

「そういうのは、女の子としたほうが気持ちいいよ」

言ったあとで、しまった、と思ったが遅かった。そのあと、目覚まし時計やら筆箱やらが飛んできて、あやうくケガをするところだった。

「マスターベーションねえ……」

意識せずに声に出していたらしく、着替えが終わった響子ちゃんが爆笑している。

「やだあ、なに言ってんの、まりあってば！　おもしろすぎっ」

腹を抱えて笑う響子ちゃんにつられて、まりあも頭をぽりぽりとかきながら一緒になって笑った。

その日の夜、愛からメールが入った。

『マッハと別れた』

と、それだけが書いてある。まりあはびっくりして、電話をかけようか迷ったけど、わざわざメールでその一文だけを送ってきたんだから、きっとしゃべりたくないんだろうと推測して、返信するだけにした。

『明日会わない？　仕事終わったらメールして』

日付けが変わる頃、愛から『了解』とのメールがようやく来た。うしろに親指と人差し指で輪を作ったグーマークがあったから、少しだけ安心した。

「あの、小麦粉のスープが飲みたい」

と愛が言うので、休みの今日も「カッパドキア」に出向くことになった。まりあのバイト先のトルコ料理店だ。愛が言ってたのは、スープのなかでもいちばんシンプルなもので、ウン・チョルバスというものだ。直訳すると「焦がした小麦粉のスープ」となる。

響子ちゃんが愛想よく注文を取りに来てくれて、料理を適当に頼む。目の前に座っている愛は、ちょっと見ない間にまたまた艶《つや》っぽくなったように思う。もとからきれいな子だった。

まりあは羨望《せんぼう》のまなざしで、かつての親友（いや、今だってもちろん親友だ）をぼうっと眺める。

「あっ、それってわたしがあげた服？」

愛に言われて、あちゃー、と思った。よりによって、愛のお下がりを着てくるなんて。

「ちゃんと着てくれてるんだ。うれしい」

愛の照れたような顔を見て、やっぱり着てきてよかったと、まりあは思い直した。

さっそく本題に入る。まりあは慎重に、でも率直に聞いてみる。

「なんでマッハと別れちゃったの？」

愛はつかの間、逡巡《しゅんじゅん》したのち、

「好きな人ができたらしいの」

と、消え入るような声で言った。

まりあは一瞬、自分の耳を疑った。それから超超超ムカついた。なんなの、マッハ！　何さまのつもり！

「相手が誰か知ってるの？」

「……それがさ、どうやらプロの人らしくて」

そう聞いて、ぴんときた。コウちゃんの風俗通い関連に違いない、と。

「サイアクだね」

「うん、サイアク。しかもかなり年上みたい……」

もう聞くこともない。マッハに愛なんてもったいなさすぎだったんだよ！　まりあは大きな声をあげてテーブルを叩く。

「マッハのことなんてもういいじゃん。やめなやめな！　会社にもっといい人、いっぱいいるでしょ？」

うん、まあね、と愛がしずかに返事をする。

「マッハとは、もうそんなにラブラブってわけじゃなかったからいいんだけど、なんか別れるっていうのもね。気は合ってたからさ」

まりあは高校時代を思い出す。確かに、愛とマッハは昔からの幼なじみみたいに相性がよかった。あの頃、同時に付き合いはじめた麻衣子とゲイリーはまだ仲よくやっている。

「後悔するのはマッハだよ。愛にはもっといい人がいるって！」

うん、とさみしそうに笑う愛は、なんというかすごく大人に見えた。薄水色のリボンタイのブラウスに、膝丈《ひざ》のオーガンジーっぽい黒のフレアスカート。足元は白いパンプス。愛からもらった赤いカットソーに激安量販店のデニムスカートとサンダルという、まりあの格好とは対照的だ。

「まあーりあさんのオトモダチですか。ワタシ、バハールと申します」

これサービスですう、と言って、バハルがシシカバブを二本持って来てくれた。

「ありがとう」

と言ったのは愛で、「かわいいですね」と言ったのはバハルだ。目尻が下がって瞳がハート形になっている。ゲンキンな奴だ。

それから愛が、まりあの恋愛について質問し、まりあは不本意ながら、現在三人の男性に交際を申し込まれていることを白状した。バハルのことは黙っていた。すごいじゃない！と愛は目を輝かせて応援してくれた。

でもねえ、どいつもこいつもイマイチなんだよねえ……。まりあは胸の内だけでそうつぶやき、こっそりとため息をついた。

今朝、梅雨明け宣言が出されたと思ったら、いきなりの猛暑だ。冷房は効いていたけど、それでも暑くて、まりあはソフトクリームを食べていた。ミューちゃんは、食欲がないと言って、パーコー麵を食べている。

ここ平成美術リーフ大学のパーコー麵はひそかに有名で、それを目当てに一般の人が食べに来ることもめずらしくない。とろとろに煮込まれた豚の角煮をひと口で平らげ、「食欲ないけど、けっこういける」と、ミューちゃんは鼻の頭に汗の粒をのっけて言った。

まりあは、今日のデジタルアートの授業のあとで、付き合ってくださいと言われていた同じクラスの男子学生を呼び、丁重にお断りした。

「あっ、ああ、そうですか」

と顔を真っ赤にし、今にも泣き出しそうな顔をするその人を見たら、少し胸が痛んだ。母性本能をくすぐられた気がした。けれど、そんなのはまやかしだ。まりあは自分を奮い立たせ、再度頭を下げて、さよならした。

「んで、どうすんの？」

パーコー麵のあとのデザートとして、ポテトチップスのりしお味を食べているミューちゃんがまりあにたずねてくる。今日はこのあと「セカオピ」のサークルがある。ミューちゃんも一応「セカオピ」のサークル員である。

昨日の愛の話を聞いたあとで、まりあは考えていた。わたしってもしかしたら、本物の恋をしてないのかも、と。コウちゃんの前に知り合った二人は、恋というよりもレッスンというほうが合ってたし、約一年付き合ったコウちゃんとの関係も、今思うと恋とは呼べないレベルだったような気がするのだ。

コウちゃんとは以前のバイト先で知り合って、告《こく》られて、なし崩し的に一緒にいるようになった。もちろんコウちゃんのことは好きだったし、時間があれば会いたいとは思った。でも、恋い焦がれるような好きじゃなかったし、コウちゃんに会うよりも、好きな俳優が出ているドラマを観ることや、新刊のマンガを読むことを優先するときも頻繁にあった。

昨日の帰りがけ、愛の目に浮かんでいた涙を思い出すと、まりあは、簡単に男の子と付き合っていいものか、どうにも迷ってしまうのだった。愛は、マッハに本気だった。

昨夜《ゆうべ》、まりあはコウちゃんにメールをして、マッハの相手のことを問いただした。

「三十六歳の人妻だよん。マッハはめろめろ。俺は、まだヨネちゃんにめろめろだけどね」

そんなメールが返ってきたから、「死ね！」とだけ返信した。

ああ、マンガや小説のように、すとんと落とし穴にはまったみたいな恋がしてみたい。ときめきってやつを体験してみたい。まりあはそんなふうに思った。

二人目、「セカオピ」の建築科一年生高岡に声をかけ、気を遣って人目につかないところに移動した。ひょろっとした痩《や》せ型で、メガネをかけている。まりあは、メガネ男子が好きだ。でも、そんな単純な理由で付き合ってはいけない。

「ごめんなさい。申し訳ないけど、お付き合いすることはできません」

まりあは恐縮しながらも、高岡に申し出た。

「お前、『セカオピ』やめる気あんの？」

思ってもみなかった高岡の言葉に絶句していると、

「お前がやめなきゃ、俺がやめるから」

とあごを突き出して言われた。まりあはとっさに「やめない」とはっきり言った。高岡はそのまま、ものすごい勢いで去っていった。

なんなの、あいつ？　いきなり「お前」呼ばわりだし、突然サークルやめるとか言っちゃって、ばっかみたい！　断って大正解！　やっぱり、こんなふうに付き合うのはダメだってことだ。相手のことよく知らないもの。ちゃんときちんと、恋をしなくては！

いつの間にか、どこかで今の一部始終を見ていたミューちゃんは、まりあに親指を突き立てて喜んだ。ミューちゃんは自分の予想どおり、まりあが河東工科大学に決めたと思っているらしい。

でも残念、ミューちゃん！　河東だって断ってやるんだから！　ふんっ！

まりあは鼻息荒く、河東工科大学にメールを打った。

「お話がありますので、駅前の喫茶店、『ラ・モール』に五時に来てください」

ああ、これですっきりする。悩むのはもうおしまいだ。

「ついて来ないでね」

まりあがミューちゃんにきつく言うと、「わかってるよ」としょんぼりした答えが返ってきた。ちょっと可哀想だったかなと思ったけれど、べつにこっちが悪いわけじゃないと思い直し、それでも学食でガリガリ君のコーラ味をおごってあげた。

四時五十分に「ラ・モール」の扉を開ける。ドアについているカウベルがガランガランと懐かしい時代の音を立てる。ふと見ると、入り口のすぐ前の席に、すでに河東工科大学の榎《え》並《なみ》大輔がいた。

少し遅れるかもしれない、というメールをもらったから余裕だと思っていたのに、先に来ているなんて、なんだか先手を打たれたような気がして、相手にペースを持っていかれそうで、まりあはあせった。

「ごめんごめん、俺一時間、時計見間違えちゃっててさ。四時十五分頃ここに着いちゃった」

そう言って、あはっと榎並は笑った。

「なに飲む？　なんか俺、喉渇いちゃって、オレンジジュース三杯も飲んじゃった。あはっ」

まりあは榎並の顔をしげしげと見つめる。濡《ぬ》れたような黒目がちの目、人工的でなく整った眉《まゆ》、先がつんと上を向いた鼻、口角が上がったちょうどいい厚さの唇、左の頬と両の口元にできるえくぼ。学生に多い、いかにも自然な髪型を装ったたっぽく見せながら、カリスマ美容師もどきにカットしてもらい、整髪剤を駆使した寝癖ふうの髪型、ではなく、すぱっとした短髪。そして、背が高くて顔が小さい。なかなかの男前だ。

「まりあちゃん決まった？　すみませーん！」

榎並が手をあげる。

「じゃあ、アイスコーヒーを」

かしこまりました、と中年の男性が慇懃《いんぎん》に頭を下げる。

「毎日、あっついよね。死にそうなくらい暑いよね。あはっ」

「そうですね」

「話があるんだよね？　こないだの返事？」

「はい」

話しやすい人だけど、なんか調子がよすぎるような気がする。まりあは冷静に判断する。

「なになに？　やっぱ俺じゃダメってか。あはっ」

結論を先に言われてしまい、まりあが言葉を探していると、ちょうどいいタイミングでアイスコーヒーが運ばれてきた。まりあは飲み物に注意を向け、ストローの紙を剝《む》いたり、水滴で濡れたテーブルをおしぼりで拭《ふ》いたりして、動揺を悟られないようにした。

「あっ、すみません！　俺にもアイスコーヒーくださーい」

榎並の声に、マスターであろう中年の男性がカウンター内でうなずく。

「たくさん飲むんですね」

「ここまで全速力で走ってきたからさあ、もう汗だっらだら。ほら、一時間間違えちゃったからさ。あはっ」

この人、なんでいちいち、あはっ、て笑うんだろう。それがなければかなりいい線いってるのに。まりあはそう思い、そう思った自分は案外この人のことを気に入っているのだろうかと考える。いや待て待て、注意が必要だ。「セカオピ」の高岡の例もある。

「やっぱ、俺じゃ無理かあ」

にこにこと目尻を下げながら、ひとり言みたいに言う榎並は、とても人が好さそうだ。

「あの、こんなこと聞いてなんなんですけど、わたしのどこが気に入ったんでしょうか」

「え？　あ、俺？　あはっ、そうだね、うーん、なんだろう。こう、ピピッときたんだよね」

「……ピピッと？」

「うん、ひと目ぼれってやつかなあ。なんかググッと胸に迫ってきたんだよね。そしたら、心臓がドキドキしちゃってさ。そんなこと滅多にないんだけど。あはっ」

ピピッにググッにドキドキ……。わたしにひと目ぼれなんて見る目がないと感じつつ、まりあはひと目ぼれというものに憧れを抱く。

榎並のアイスコーヒーも運ばれてきて、二人で口をつけた。狭い店内、二人の会話はきっとマスターに筒抜けだろう。

「自分でも不思議なんだ。まりあちゃんって、ぜんぜん俺の好みじゃないのよ。なんつーか、俺はもっと派手なネエちゃん系がタイプなんだけど、あっ！　ごめん！　そういうんじゃなくて……あはっ……ごめん！　あはっ」

いいんです、とまりあは答える。

「榎並さんって、かっこいいからモテるんじゃないですか」

そう聞くと、どうだろうなあ、という返事。まんざらでもなさそうだ。

「実は付き合ってた彼女がいたんだけど、まりあちゃんに気持ちを伝える前に、きっぱりとケジメつけたのよ。それっくらい本気ってわけ。本気と書いてマジと読んでね。あはっ」

少しだけ真剣な榎並大輔の表情。実際、まりあの心は少しだけ揺れていた。すぐに断ろうと決めていたけど、なんだかためらわれた。へんな笑い方が気になるけれど、なにより正直そうだし、自分と気が合いそうな気もする。まりあは、自分の気持ちをよおく吟味した。

「ごめん！　ちょっとトイレ行ってきていいかな？　飲みすぎだね。あはっ」

どうぞ、とまりあは言い、榎並のうしろ姿を見るともなく眺めた。

ん？　なに、あれ？

榎並はTシャツの上に、インド綿のような素材の白いシャツをはおっている。その右の肩下に、ゴミのようなものが付いていた。榎並はそのままトイレに入ってしまったので、戻ってきたらもう一度確かめて、教えてあげようとまりあは思った。

まりあは悩んでいた。榎並大輔。さっさと断ってしまった他の二人とは、なにか異なる予感のようなものがあった。今日会うまでは、もっとすかしてる人だと思っていた。榎並とは、前に二度ほど会ったことがあるけれど、そのときはサークルのテニスの合同練習で、女の子にちやほやされながら、フォームなんぞを懇切丁寧に指導してたっけ。あのときの印象はただのナンパ野郎だったけど、実際話してみるとだいぶイメージが違う。

まりあは思う。これから長い夏休みがはじまるっていうのに、一人じゃつまんないよなあ、と。バイト三昧《ざんまい》っていうのもさみしいよねえ、と。

劇的な恋に落ちるっていう経験をしてみたいけど、付き合いはじめてから恋に落ちるってことも充分にありうる。簡単に断るのはもったいないかもしれない。そんなことをめぐるしく考えていたら、榎並が戻ってきた。

「お待たせ、ごめんねー。あはっ」

と片手をあげる。まりあは、いいえ、と胸元で小さく手を振り、榎並が席に着くまえに、

「ちょっと、うしろ向いてもらえます？」と声をかけた。さっきのゴミだ。

「うん？　どうかした？」

と、言いながら榎並がうしろを向く。

「ぎゃっ！」

思わず、まりあは声をあげてしまった。榎並の右肩に付いていたのは、ゴミではなく、蛾《が》だったからだ。

「なになに？　どうしたの！」

「蛾です！　背中に蛾が付いています！　こげ茶色の細長いやつ！　胴に毛が生えてます！ものすごく気持ち悪いです！」

榎並が驚いた顔をして手を伸ばし、シャツの背中部分を揺するけど、蛾はいっこうに飛び立つ気配はなく、何事もないかのようにへばりついている。

「シャツと一体化しています！　シャツの模様みたいです！　不気味です！」

マスターが不思議そうな顔をして二人のほうを見ている。榎並がおもむろにシャツを脱い

だ。蛾はまったく動じない。まりあは、これは本当にシャツに描いてある模様なのかもしれないと自分の目を疑った。

榎並はシャツをつまんだまま、慌しく外に出て行った。カウベルが、ガラガラランと騒がしい音を立てる。

テーブル席の横にある小さな窓から、榎並が外でシャツを振っているのが見えた。何回か思い切り振ったあとに、黒っぽいものがゆっくりと飛んでいくのが確認できた。榎並は少しあとずさりして、飛んでいく蛾を眺めていた。それから、蛾がついていたシャツを丁寧に払ってから、店内に戻ってきた。

「いやあー、まいったよ。すげえデカイのね！　あはっ」

榎並の額から汗の筋が頬に向かって流れている。まりあは、ぽかんとしていた。それから、むずむずとしたおかしさがこみあげてきて、思わず声をあげて笑ってしまった。

「あはっ、おかしいよね！　どこで付いたんだろっ？　だって、ここまでずっと走ってきたんだよ、不思議だよね。あはっ」

榎並も笑い、残りのアイスコーヒーに手をのばした。そのとき、榎並の右肘から手首にかけて、傷痕のようなものが見えた。赤くみみず腫《ば》れのようなぎざぎざが走っている。さっきまではシャツを着ていたから、気が付かなかった。

まりあの視線に気付き、榎並が「ああ、これ」と、照れを通り越して恥じ入るような、それでいて怒っているような、まりあがはじめて見るようなぶっきらぼうな表情をした。

誠実。

この表情に名前をつけるとしたら誠実だ、とまりあは思った。

「高校のとき、テニスでさ。ちょっと手術したんだ」

そう言いながら、榎並は手に持っていたシャツに腕を通した。榎並はまだ、形のないなにかに向かって怒っているような顔をしている。

甘さ。

とろけるような甘さが、まりあの全身をふうわり包んだ。甘かった。うんと甘かった。榎並は、とっくに中身がなくなり、溶けた氷だけになったアイスコーヒーを、ずずっと音を立ててすすった。コップを持ちあげたとき、袖口からさっきの傷が見えた。榎並は袖を引っぱるようにして、それを隠した。

瞬間、心をわしづかみにされたみたいになった。

心臓が異様な速さで脈打っている。あまりの速さに、心臓自体が徐々に持ちあがってきて、口から出てきそうな勢いだった。

すとん。

恋に落ちたんだ、とまりあは思った。今、わたしはどこかの穴に、確実に落ちてしまったのだと。

「あ、あの……」

まりあが声をかけると、榎並は我に返ったように「ん？」と一転、にこやかな微笑みに戻り、あはっと笑った。

こめかみが、じーんと熱くなった。やられた、とまりあは思った。

「……あの、わたし」

「ん？　なになに」

「あの、わたし……榎並さんとお付き合いしたいと思います！」

まりあが一気にそう言うと、榎並は「うっそお！」と目を丸くして、テーブル越しに身体を傾けてきた。おおげさではなく、目玉が落ちそうだった。

「なんでなんで？　ほんとにいいの？」

「はい、なんかわかんないけど、穴に落ちたみたいです」

「穴？　そうか、穴なんだ。あはっ。それって鼻の穴？　まっ、なんでもいっか！　あはっ」

たのしそうに笑う榎並の顔は、すっきりと晴れやかでまぶしかった。

それからまりあは、突如として恥ずかしくなった。自分の容姿がいきなり気になりはじめたのだった。榎並から視線を外し、顔をうつむかせた。なんなの、この気持ち？　まともに顔すら見られないなんて。こんな気持ち、生まれてこのかたはじめてだ。

まりあは不思議に思う。自分がブスだってことは充分承知だ。でも、それをコンプレックスに思ったことなんて一度もない。それなのにどうして？　なんで自分の顔が気になるの？　これが恋するってことなの？

まりあは榎並の視線から逃れるように、おもむろに席を立った。会計をしている榎並の背中を、ぼんやりと見つめる。さっきまで蛾がとまっていた広い背中、今すぐに抱きつきたい衝動に駆られた。まりあは、今にも泣き出してしまいたい自分に愕然《がくぜん》とする。そして、これが恋なんだ、と深く思い知る。

こうこうと明るい外に出ると、ますます榎並の顔を見られなかった。恥ずかしさでいっぱいだった。鼓動は相変わらずおかしかった。

榎並のうしろをそろそろと歩き出したとたん、まりあは見知った顔を見つけた。

「……ミューちゃん？」

大きな影が、不自然に電信柱のうしろから出てきたのだ。

「あれ？　知り合い？　あっ、そういえばサークルにいるよね？　ミューちゃんって言うんだ。よろしくね」

榎並がミューちゃんに笑いかける。まりあがミューちゃんをひとにらみすると、ミューちゃんは「そこの本屋にたまたま来てて」と、しらじらしいことをいけしゃあしゃあと言った。

「今日から、まりあちゃんと付き合うことになったから、よろしくね」

榎並がさわやかな笑顔で、ミューちゃんに報告する。まりあは、付き合うことをすぐに自分の友達に公表してくれる榎並のまっすぐさにしびれたけど、そこでミューちゃんが、ほら見ろ的な、してやったり顔をしたから、舌打ちをしたい気分にもなった。

「絶対そうなると思ってました！　わたしの予想どおりです！」

ミューちゃんが大きな声で言う。まりあは、本当に舌打ちをした。

「ん？　そうなの？　あはっ」

榎並が軽く笑い、まりあたちはなぜか三人で仲よく並んで、帰ることとなった。途中、ミューちゃんがまりあの肘《ひじ》やら脇腹《わきばら》などを軽く小突いてきたけど、まりあは無視した。内心では、やられたと思いながら。ミューちゃんは正しかったと思いながら。

まりあは、榎並の顔をさりげなく見あげる。背中に蛾をくっつけてやって来た王子さま。まりあの本物の恋は、今はじまったばかりだ。

本社西部倉庫隣発行部課サクラダミュー

「桜田美夕の今月のポエム」に反響があった。各支所に置いてある社内報の感想箱に、好意的な投書が一通入っていた。

「美夕さんのポエムって、リカルデントのグレープ&グレープミントのガムみたいです。噛んでも噛んでも、味がなくならないんです／浜松工場部品課　ふーみん」

ミューちゃんの頬が自然と緩む。本社西部倉庫の隣に建つ、ほんの小さなプレハブ小屋、OSはウインドウズ98の富士通のパソコンの前で。

「なにかいいことがあったのかい」

ミューちゃんにそう聞くのは、ただ一人の上司であるゴンノカミ課長だ。ゴンノカミノブイエジョウ。権之神宣家丞、と明記する。おそろしく名前負けしている。豚に真珠、猫に小判、犬に論語、馬の耳に念仏、泣きっ面に蜂。あれ？　ちょっと意味が違ってきたかな、と思いつつ、ミューちゃんはゴンノカミ課長に同情する。

「ポエムの反響よかったみたいです。メール便が来ています」

そう言うと、ゴンノカミ課長は「そりゃよかったねえ」と、いつもの泣きそうな顔で笑った。ゴンノカミ課長には「泣き」の神さまがついているとミューちゃんは思う。笑い顔も真剣な顔も、ごくまれに見る憤慨している顔も、まるで泣いているかのようだし、ゴンノカミ課長が書く字だって、今にも泣き出しそうに眉を下げている。特にひらがなは、手足がだらんとして気の毒で見ていられないほどだ。

メール便というのは、本社や各営業所、工場間を行き来するB4サイズの封筒のことだ。濡れてもいいように、ご丁寧にビニールで補強されている。電子メールやファクスでは事足りない「紙類」を送付するようになっている。

表には、「各支所の部署名→各支所の部署名」が記してある。ふーみんさんからの投書が入っていた封筒は「浜松工場部品課→本社西部倉庫隣発行部課」となっている。発行部課に届くメール便の中身は、社内報についての投書のみである。ミューちゃんは実際それしか見たことがないので、他の部署がどのようにこのメール便を使っているかは不明だ。

浜松工場部品課のふーみんさんは、前にも投書をしてくれたことがある。連絡事項はほとんどすべてが電子メールの社内で、個人のアドレスを持っていないのは、現場勤務者以外では発行部課の二人くらいだろう。それでなんら問題もないところが、問題といったら問題かもしれないが、ミューちゃんもゴンノカミ課長も現状でまったく不都合はない。

就職面接の際、ミューちゃんは自らの長所を「創作活動」と答えた。社内報を作りたいと強くアピールした。面接官は熱く語るミューちゃんの顔をろくに見ることなく、書類に目を落としたまま手で制し、隣の席の子への質問に移った。

結局、親類のコネのおかげかどうかはわからないけど、無事入社することができた。株式会社オダギリ電気。

ミューちゃんの父親のお兄さんの奥さんのお姉さんの旦那さんがオダギリ電気の役員ということらしいけれど、ミューちゃんはその人がどんな人なのか知らない。親戚として会ったこともないし、おエライさんとして見かけたこともない。入社式の際、もしかしたらいたかもしれないけれど、まったく記憶にない。

入社してすぐ配属されたのは調達課というところで、一日中備品の発注や整理に明け暮れた。同期入社の女の子もいて、課内は和気あいあいとたのしそうだったけれど、ミューちゃんはつまらなかった。気の合う女子はいなかったし、先輩はいじわるだったし、男性社員とは口を利くこともなかった。

翌年、希望部署アンケートというものを、ミューちゃんは個人的に作成した。大学時代の友人のまりあに質問してみたところ、まりあの会社ではそのようなアンケート調査が毎年あると聞いたからだ。残念なことに株式会社オダギリ電気には、そんな親切なアンケートは存在しなかったけれど、なければつくればいいのだとミューちゃんは考え、勝手に自作した。

第一希望から第三希望まですべて「発行部課」と書いて、調達課の直属の上司に手渡した。アンケートを受け取った課長は、ミューちゃんの顔を穴があくほど眺めていたが、その希望はあっけないほど簡単に受け入れられた。翌年度を待たずに、ミューちゃんは発行部課へ異動となった。よって、ゴンノカミ課長一人だった発行部課は、めでたく二人となったのだった。

「桜田さんが来てくれて本当によかったなあ、助かるなあ」

毎日必ず言われるセリフを、今日もまた言われる。一人がよっぽどさみしかったんだなとミューちゃんは思う。あたしがこの課を盛り上げなくっちゃ、と。

社内報は月に一度の発行である。社内報の誌面タイトルは「そよ風」。ありきたりすぎて悲しくなるけれど、創業当初からの歴史あるタイトルだそうで、命名は初代の社長らしい。

株式会社オダギリ電気は、ここ横浜本社以外に、品川営業所、名古屋営業所、所沢営業所、浜松工場、四日市工場があり、ミューちゃんとゴンノカミ課長がつくった「そよ風」は、総勢八百五十二名の社員が目にすることとなる。ミューちゃんはそれを、すばらしい栄誉だと思う。誇らしくてつい自信過剰になってしまう自分を、ときに戒めたりもする。

ミューちゃんは作家になりたかった。小説家、あるいは詩人。夢はまだ捨てきれていない。せっせと作品を書き、公募ガイドを買っては応募している。学生時代に芽が出ればよかったんだけどね、とミューちゃんは自分に語りかける。最年少での芥川賞作家の夢は消えたけど、大器晩成型だと自らを奮い立たせる。

就活では出版関係を軒並み当たったけれど、書類審査の時点ですべて落とされた。大学がショボかったから仕方ないにしても、面接までこぎつければどうにかなったのではないかと、ミューちゃんはいまだに残念に思っている。自分の情熱をぜひ知ってもらいたかったと、足を踏み鳴らしたくなる。

ミューちゃんは、自分が売れっ子作家になったとき、「就職活動のとき、お宅の出版社に断られたんですよ」とにこやかに告げる自分を想像する。冗談っぽく、それでいて多少の皮肉も込めて。その妄想は、作家への道の原動力となっている。

株式会社オダギリ電気は、自動車機器製品と電子機器製品をつくっている。自動車のヘッドランプやオートバイのテールランプなどは実際に見たことがあるのでわかるけど、電子機器のほうは難解だ。ミューちゃんにはイマイチわからない。発光ダイオードという言葉だけでくらくらしそうだ。「そよ風」には、会社の業績や新製品の紹介なども載せてはいるが、内容の理解まではとうてい無理だとミューちゃんは思っている。文系だから、それもまあ仕方ないと。

ミューちゃんの担当は、時候の挨拶文、イラスト、桜田美夕の今日のポエム、覆面作家Jの連載小説だ。製品や売り上げ、機械、人事など、仕事内容に関わる、その他すべてのページはゴンノカミ課長が担っている。

「桜田さんのおかげで社内報も人気が出てきたよ。前より断然おもしろくなったって、こないだ四日市に行ったときに、ラインの若い人に言われたよ」

ゴンノカミ課長が今にも泣き出しそうな顔で笑う。ミューちゃんは、自信がむくむくと湧きあがるのを感じる。俄然《がぜん》やる気になって、覆面作家Jの連載小説の続きを考える。覆面作家Jというのは、もちろんミューちゃんのことである。サクラダミュー、という名前に使われていないアルファベットがいいと考え、Jとした。深い意味はまったくないが、本物の作家に依頼して書いてもらっていると読者が思ってくれれば、そんな光栄なことはない。

連載小説はいよいよ佳境を迎えている。来月号では、主人公まりあの恋人、榎並に新しい恋人ができるという展開だ。その次の号では、まりあが自殺未遂することになっている。まりあ、という名前は、友達からちょっと借りた。その友達の彼氏、榎並の名前も拝借させてもらった。これはフィクションだからべつに問題はない、とミューちゃんは思っている。

昼のチャイムがかすかに聞こえる。ここ、西部倉庫隣のプレハブ小屋にスピーカーはついておらず、本社に流れるチャイムに耳を澄ませる毎日だ。

「お昼、買いに行ってきます」

ミューちゃんがそう言って席を立つと、いってらっしゃーい、と、泣きそうな顔でゴンノカミ課長が手を振った。

ミューちゃんは自転車を走らせる。本社の敷地はとても広く、ここから本社屋及び工場へ行くには歩くとかなり時間がかかるため、西部倉庫隣のプレハブ小屋には自転車が一台用意されている。ミューちゃんは、ハッコウブカとマジックで書いてある自転車に乗り、最寄りのコンビニへと向かう。

おにぎり四個とミックスサンド一個、五目あんかけそばとデザートのプリンとレアチーズケーキ。万が一の場合に備えて、机の引き出しにはカップラーメンが常備されている。

五目あんかけそばを温めてもらっている間、レジにある肉まんが異常に気になって、つい「これもお願いします」と言ってしまった。お昼は特別お腹が空く。仕事をしているから当然だとミューちゃんは思う。

プレハブ小屋に着くと、ゴンノカミ課長が愛妻弁当を食べていた。誰も見やしないというのに、蓋《ふた》で隠すように食べている。隠されると見たくなるのが人間の性《さが》だ。ミューちゃんは、以前さりげなくゴンノカミ課長のお弁当を覗いてみた。タコさんウインナーと花形にくりぬいたニンジンが目に入った。すばらしく彩りのよい、レシピ本に載るような立派なお弁当だった。それなのに、ゴンノカミ課長がなぜ隠すのかわからない。

「愛されてるんですね」

と、ミューちゃんは愛妻弁当を指して言ってみる。

「そんなことないよう。子どもが弁当だから、ついでに、ねっ、ねっ」

ゴンノカミ課長が照れたような泣き顔をする。ゴンノカミ課長には幸せになってもらいたいと、ミューちゃんは心から思う。

パステル色の　パラソルを
くるりくるりと　二度まわす
雨は色飴
恋人は過去
未来の太陽　砂漠のらくだ
湯船のなかに　涙ふたすじ

群青色の　夕日まえ
くるりくるりと　まわってみる
空は色飴
恋人は未来
現世の海に浮かぶ月
涙は涸れて　次は笑顔

先月号の「桜田美夕の今月のポエム」だ。これの一体どの部分が、ふーみんさんのツボにはまったのかなと考える。自分では、「雨は色飴」というフレーズが気に入ってる。本当は「色飴」はひらがなにしたかったんだけど、「飴」を「雨」と勘違いされたら嫌だから漢字にしたのだ。

詩は簡単なようでいて、とても難しい。覆面作家Jの連載小説よりもはるかに時間がかかる。ミューちゃんは、頭をひねりながら、来月号のポエムを考える。ふーみんさんから、感想が届くことを祈りながら。

翌日、ゴンノカミ課長に思ってもみなかったことを打診された。社内報のなかの「今月のこの人」のコーナーを、いずれミューちゃんにお願いしたいとの相談だった。

「もちろん最初の何回かは、わたしも一緒にやります。今すぐにということでなくて、のちのちということで、ぜひ考えてくれませんかねえ、桜田さん」

確かにゴンノカミ課長は忙しい。十二ページから成る誌面のほとんどを一人でこなしている。泣き出しそうな顔で申し出るゴンノカミ課長に、ミューちゃんは力強くうなずく。

「わたしでよかったら、ぜひやらせてくださいっ！」

そうですか、そうですかあ、よかったあ。ゴンノカミ課長は、本気の泣き顔で何度もうなずいた。

一週間後、さっそく「今月のこの人」のインタビューがあった。今回スポットを浴びる人間は、本社営業部の本宮陸さんという人物だ。この春新卒で入社したばかりの新人らしい。

「桜田さんは会ったことあるかい」

ゴンノカミ課長に聞かれ、ないです、と即答するが、それが大きな失態のように思われて、いや、社屋は違っても同じ住所地に勤務しているのだから、すれ違ったことなどもしかしたらあるかもしれない云々と、苦し紛れに付け足す。

「これからは、いろんな人のことを知ってたほうがいいかもなあ」

ゴンノカミ課長にそう言われ、「今月のこの人」を今後担ってゆく人間としては、殊勝にうなずかざるを得なかった。ミューちゃんは、昨年まで在籍していた調達課の面々すら、もはや思い出せない。

「今日の午後二時からね。本宮くんがこちらに来てくれるそうだから、よろしくね。まあ、今日は見てるだけでいいからね」

はい、とミューちゃんは神妙に返事をし、作家Jの連載小説の続きにとりかかった。

まりあは榎並にすがりついた。追いすがり膝に絡みつくまりあを、榎並は足蹴にした。貫一お宮さながらであった。

「行かないで！」

まりあは叫ぶ。

「好きな人ができたんだ」

榎並がそう言って、まりあに背を向けた。

「うそよ、うそ。そんなことあるはずない。ずっと一緒にいるって言ったじゃない！」

「ごめん。許してくれ」

榎並が頭を下げる。そのまま行こうとする榎並に、まりあはしつこく追いすがった。

「お願い、お願いよ。行かないで！」

榎並はもう、まりあを見ていなかった。

「ごめん」

そう言って榎並は、地べたにうずくまるまりあを置いて、足早に去っていった。

「いやああ」

まりあは大声で泣き叫んだ。涙でマスカラやアイシャドウやアイラインがすっかり崩れ、ぐじゃぐじゃどろどろの顔になった。道行く人たちが、興味深そうに眺めていった。

「いやああ」

まりあの叫び声は、地球が割れそうなくらい悲痛だった……。


うーん。なんかピンとこないな。しつこいまりあに、榎並がヘッドドロップでもしたほうがいいかな。うるさい！　と言って往復ビンタとか。うーん。

と、ここで昼休みのチャイムが鳴った。この時間になると、聴力が異常によくなるミューちゃんである。

「お昼、買いに行ってきます」

と、いつものように言おうとしたところで、今日はお弁当を持ってきたことを思い出した。気ままな母親が気まぐれにつくってくれたのだった。ずっしりと重たい弁当箱を開けてみる。

二段重だ。下段には白飯。上段には、大きなハンバーグ、太い玉子焼き、サトイモの煮物、ほうれん草のごま和え、ブロッコリーが入っている。まあ、いいか、とミューちゃんは思う。ご飯の量からすると、ハンバーグが足りないけど仕方ない。ミューちゃんは玉子焼きでご飯が食べられないタイプだ。

案の定、ご飯が余ってしまった。ミューちゃんは引き出しからカップ麵を取り出して、お湯を注ぐ。ささっと麵だけを平らげて、残りのご飯を汁のなかに入れる。

「うまっ」

思わず声が出てしまう。今度から白飯だけ持ってきて、こうやって食べようかなと考える。経済的だ。節約上手のミューちゃんだ。

お弁当にカップ麵だけでは物足りず、通勤時にコンビニで買ったクリームパンをデザート代わりにする。それを見たゴンノカミ課長が、

「桜田さんは食欲があっていいねえ。なんでも美味しそうに食べるしねえ」

と泣き顔で微笑むので、ミューちゃんは元気よく礼を言った。

昼休み終了のチャイムが鳴り、午後からのインタビューのため落ち着きをなくしているゴンノカミ課長をサポートすべく、ミューちゃんは準備を手伝った。

「インタビューは、ふつうどこでするんですか？」

このプレハブ小屋に、他部署の人間がやって来るという事態ははじめてである。

「たいていは、こちらから出向くことになっています。今日の本宮くんは、なんていうのかな、ほら、まだ新人でしょう。気を遣ってくれたんじゃないかな。我々先輩に対して、ねっ」

恐縮した態で、ゴンノカミ課長が答える。今にも涙が出そうな泣き顔だった。

ミューちゃんはほこりをかぶった折りたたみ椅子を取り出して雑巾で拭き、お茶の準備をする。シーフード味のカップ麺は、匂いがかなり残るんだった、と今さらながらに気付いたけれど、すでにあとの祭りだったので、ミューちゃんは窓を開けて換気をした。

「ちょっと前までは、カセットテープで録音してたんだけど、デッキが壊れちゃってね。ICレコーダー買ってもらったのよ。いやあ、これを買ってもらうまで一年半くらいかかっちゃってね。その間はメモだったから、時間がかかって大変だったのよ」

ゴンノカミ課長が自慢気にICレコーダーを掲げてみせる。ミューちゃんは、おぼろげながらに思い出していた。調達課での出来事を。そういえば、発行部課からICレコーダーの要請が来ていたような記憶がある。係長は、発行部課のICレコーダーの順番になると、さりげなくまたいちばんうしろに回していた。その繰り返し。それで一年半かあ。ミューちゃんは感慨深く思う。あの頃から、自分と発行部課はなにかしらの縁があったんだと感じ入る。

「そろそろ二時だね」

ゴンノカミ課長の娘さんのお古だという、キティちゃんの掛け時計が、午後二時を差した。

二分後、ノックの音が聞こえた。ゴンノカミ課長がしずしずと扉を開ける。

「営業課の本宮です。二時のお約束に参りました」

はいはい、どうぞぉ。今にも泣き出しそうな満面の笑みのゴンノカミ課長。はじめて会う人には、非常にわかりにくい笑顔だろう。

緊張した面持ちで名刺交換をする本宮くんとゴンノカミ課長。

「すばらしいお名前ですね」

本宮くんがゴンノカミ課長の名刺を見るなり、目を見張る。ゴンノカミ課長は照れているのか、頭をぽりぽりとやっている。

「そちらの椅子にお座りください」

先ほどミューちゃんが拭いた椅子だ。ミューちゃんはお茶を淹《い》れる。ゴンノカミ課長以外の人にお茶を出すのは、今日がはじめてだ。

「どうぞ」

目の前のゴンノカミ課長しか目に入ってなかった本宮くんは、突然のミューちゃんの登場に面食らったようで、「ひっ」というような、間違えて息を大量に吸ってしまったような音を喉から出し、思わず立ちあがりかけた。

「す、すみません。ゴンノカミ課長お一人だと思っていましたので、驚いてしまって……」

ミューちゃんはにこやかに笑って「粗茶ですけど」と、本宮くんの前にお茶を置いた。といっても、置いたのはゴンノカミ課長のデスクの上だ。来客用のスペースはないのだった。

「はじめて来ましたが、なかはとても狭いんですね」

本宮くんがプレハブ小屋を見回す。正直すぎる感想に、まだまだ新人だなとミューちゃんは思う。ゴンノカミ課長は、うんうんと目をつぶってうなずいている。それから、誇らしげにICレコーダーを机の上に置き、

「それではじめたいと思います。社内報『そよ風――今月のこの人』のインタビューです」

一転、真剣な表情だ。アナウンサーみたいでかっこいい。ミューちゃんは、二人のやりとりを見聞きすることに徹する。

「本社営業課の本宮陸です。今年大学を卒業したばかりの二十二歳です」

本宮くんが、はきはきと自己紹介をする。

「どうですか、もうすっかり慣れましたか」

ゴンノカミ課長が例の笑顔で、親しげに問いかける。本宮くんの表情がほぐれる。緊張をやわらげようとしてるんだな、さすがだなとミューちゃんは思う。

それからゴンノカミ課長は本宮くんに、仕事の内容をたずね、それについての感想や意見

をさりげなく聞いていった。ゴンノカミ課長は聞き上手だと、ミューちゃんは改めて思う。

「うんうん、それで、うん、はい、そうですかあ、ねぇ、ははあ、なるほど」

そんな言葉だけで、相手が話しやすい方向へ持っていくのだ。ミューちゃんはゴンノカミ課長を少々見直す。

「すべてが勉強だと思っています。就職難のこのご時世に、希望の会社に入社できただけでもうれしいんです。先輩たちもときに厳しいこともありますが、すべては僕のためなんだな、と思います。本当にありがたいです。先輩たちの足をひっぱらないようにがんばっていきたいと思います」

最後にひとこと、とゴンノカミ課長が言うと、本宮くんは、はりきってそう答えた。

「では、以上でインタビューを終わりにします」

正味三十分ほどだった。ミューちゃんは拍手をした。と、ここで本宮くんは再度ミューちゃんの存在に気付き、さっきと同じように「ひっ」と喉を鳴らした。

「あっ！　あれ、あの、もしかして桜田美夕さんですか」

そう聞かれて、ミューちゃんは「はい、そうです」と答える。本宮くんは不思議そうな顔をしてから「はあ」と応じると、

「ありがとうございました。失礼します」

と、小走りでプレハブ小屋をあとにした。

「なかなかいい青年だったね」

ゴンノカミ課長がミューちゃんに笑いかける。

「すばらしいインタビューでした。よかったです」

ミューちゃんは、ゴンノカミ課長に再度拍手を送った。


「行かないで！」

まりあは叫んだ。

「うるせえっ！　好きな人ができたって何度言わせるんだ。もうお前とは金輪際会うことはない！」

榎並はそう言って、まりあを突き飛ばした。

「いやよ、いや！　絶対に別れない！　死ぬまで一緒にいるって言ってくれたじゃない！」

榎並は追いすがるまりあを無視して、足早に去っていった。

「いやああ」

大声で泣き叫ぶまりあの顔は、メイクがすっかり落ちて悲惨なものになっていた。

榎並は新たな恋人のもとへ走った。一分一秒が惜しかった。会いたくて会いたくてたまらなかった。まりあのことは、もうすでに頭になかった。

一方、榎並にふられたまりあは、ふらふらする足取りで、夜の街へ消えた……。

覆面作家Jによる連載小説の最後のくだりは、結局こうなった。次号では、酔いつぶれたまりあが、夜の海に入水《じゅすい》するという予定である。

ふふん、なかなかいいんじゃないの、と刷り上がったばかりの社内報「そよ風」を手にとり、ミューちゃんは悦に入る。こりゃあ、マジで近々作家デビューだわ、と。

梅雨の空　乙女の純情　片思い
黄色いながぐつ　こどものころ
水たまりにうつる　自分のすがた
太陽が瞬間　かおを出す
青空が、あざやかに　うつっている
おおきな　ジャンプ
胸に景色が　ひろがって
乙女の純情　片思い

水たまりにうつる　君のすがた

今回のポエムは、上出来だと自分で感じる。また、ふーみんさんが感想をくれるかもしれない。読者の感想は、なによりも心の支えとなる。

社内報が発行されて、しばらくしてから、発行部課にB４封筒のメール便が届いた。表書きを見ると、「浜松工場部品課→本社西部倉庫隣発行部課」となっている。ミューちゃんははやる気持ちを抑えながら、うやうやしく中身を取り出す。

予想どおり、ふーみんさんからの投書だった。待ってましたっ！　思わず膝を打って、声をあげてしまう。

「今回の美夕さんのポエムもステキでした。僕の小学三年生のときの初恋を思い出しました。相手は同じクラスの女の子でした。転校生で、いつもかわいいワンピースを着て、髪を高い位置で二つに結んで、リボンをつけていました。妄想ですが、一緒に水たまりを飛びこえた気がしてきました（笑）。／浜松工場部品課　ふーみん」

ミューちゃんの心は震えた。ふーみんさんの初恋をも喚起させてしまうポエムを、この自分が書いたことに。

「なにかいいことあったかい。とてもうれしそうですね」

ゴンノカミ課長が、ミューちゃんに声をかける。

「ポエムの感想です。初恋を思い出したって書いてあります」

ミューちゃんが答えると、ほっほう、とゴンノカミ課長は空気が破裂するような声をあげた。

「初恋だなんて、懐かしいですね」

そう言って、いきなり遠い目をするゴンノカミ課長。ミューちゃんは納得する。自分の才能に。

「あ、そうだ。今度の『今月のこの人』は、浜松工場の虻川《あぶかわ》さんね」

ゴンノカミ課長の言葉に、ミューちゃんは真摯《しんし》にうなずく。

「誰にするかっていうのは、どうやって決めてるんですか？　こちらから指名するんですか」

気になっていた質問をミューちゃんがすると、ゴンノカミ課長は「いやあ」と大きく手を振った。

「指名なんてとんでもない。一応順番に、各支所を回るようにはしてるんだけどね。ほら、経費削減で、インタビューのためにわざわざ交通費を出してくれないのよ。だから、出張でこっちの本社に来る人の情報をこまめに聞いてるの。来週、新しい機械の納入があって、浜松工場から何人か見学に来るのよ。だからそれで、そのついでにね、インタビューお願いしたってわけなのよ」

しょぼい笑顔で答えてくれるゴンノカミ課長。もしかしたら、本当に泣きたいのかもしれない。


次号「今月のこの人」インタビュー当日。就業中は時間が取れないとのことで、浜松工場の虻川さんへのインタビューは、工場見学後の会議が終わってからすぐとなった。虻川さん以外の浜松工場の人は、そのまま会議室で豪華な松花堂弁当を食べているところだ。

「悪いよねえ、虻川さん。お弁当食べる時間なくなっちゃうよねえ」

ゴンノカミ課長が心底恐縮した様子で、ミューちゃんに同意を求める。

「桜田さんも悪いねえ。定時過ぎたけどねえ、残業代もつかないのにねえ、悪いねえ」

いえいえ、ちっともかまいません。ミューちゃんは元気よく答える。浜松工場の人たちが弁当を食べている会議室Aの隣にある、視聴覚室という、なんのためにあるのかよくわからない部屋でインタビューは行われる。

「なるべく早く切り上げるようにしなくっちゃね」

ゴンノカミ課長は、自らに気合を入れるようにそうつぶやいた。

カンカン、とノックの音がした。ゴンノカミ課長が「どうぞお」と言いながら、ドアを開ける。


「浜松の虻川ですが」

よれよれのTシャツに、色落ちしたジーンズをはいた年齢不詳の男が立っている。色落ちジーンズといっても、自然に色落ちしたものではなく、科学的になんらかの加工をほどこしたタイプのものだ。

「あ、どうぞどうぞ、お時間取らせてしまってすみません」

ゴンノカミ課長が何度も頭を下げる。

「お座りになってください」

ゴンノカミ課長が椅子をすすめ、名刺を差し出す。虻川さんも持っていたセカンドバッグから名刺入れを取り出し、ゴンノカミ課長に手渡した。虻川さんの名刺入れは金属製のもので、表になにかのアニメのキャラクターなのか、水色の髪をした女の子が描いてあった。

ゴンノカミ課長は、ICレコーダーを用意してから、いつものように慇懃に質問をしていった。浜松工場でのラインの様子や、社員食堂のこと。今日見た本社工場に投入された新しい機械についての感想。これからの抱負など。

虻川さんは、返答のいちいちの冒頭に「つまり」という言葉をつけた。

「つまり、単調な作業ってことです」

「つまりですね、社食は混んでいるってことです。つまり、味はイマイチかなあ、と」

「つまり、新しい機械については、実際に浜松のラインで稼動してみないことには、なんともいえないというか、つまり、そういうことです」

蛇川さんのメガネは、ミューちゃんの位置から見ると、光の具合のせいか指紋だらけで、ほとんど白くくすんでいた。あれじゃあ、せっかくメガネをかけていても、視界は非常に悪いんじゃないかと心配になるほどだった。

インタビューは十五分程度で終わった。ゴンノカミ課長の「早く彼に、松花堂弁当を食べさせなくては！」という気遣いからだった。

「本当にありがとうございました。内容は事前にメール便でお送りしますので、確認してくださいね」

ゴンノカミ課長が帰りを促すようにそう言って立ちあがると、蛇川さんが、

「つまりですね、ちょっと待ってください」

と妙な手振りをつけながら、言った。

「つまり、桜田美夕さんは、今日は来ないのですか」

ゴンノカミ課長とミューちゃんは、思わず顔を見合わせる。

「あの、あたしです。あたしが桜田美夕ですけど」

ミューちゃんは名刺を持っていなかった。調達課に申請しているのだけど、なかなか届かないのだった。蚯川さんの顔色が変わったような気がした。

「え！　ええ？　つまり、あなたが美夕さんなんですか。ポ、ポエムの」

そうですよ、とミューちゃんは笑顔で答える。蚯川さんは突如その場にしゃがみ込んだ。右手を床につけて、左手でメガネの両サイドを押さえている。きっと一日のうちに何回かやっているのだろう、板についている。おそらく彼なりの「絶望のポーズ」だと、ミューちゃんは推測する。

「どうしたんですか、大丈夫ですか」

人を疑うことを知らないゴンノカミ課長が、驚いた様子で声をかける。蚯川さんは、すっくと立ち上がって、「失礼します」と言い、半笑いの口の形のまま出て行った。

ミューちゃんは蚯川さんが置いた名刺を見てみた。

『浜松工場部品課　蚯川文則』

「あぶかわふみのり、って名前ですよね、今の人」

ミューちゃんが聞くと、ゴンノカミ課長は、そうねー、と答えた。

やっぱり、ふーみんだ、とミューちゃんは確信した。

その日ミューちゃんは、ひさしぶりにまりあに電話を入れた。

「どうしたの、めずらしいじゃん。ミューちゃんのほうから電話かけてくるなんて」

まあ、たまにはね、とミューちゃんは言って、しばらくとりとめのない話をした。まりあは、恋人の榎並とうまくいってるらしかった。

「榎並さんの友達でさ、ぽっちゃりタイプが好きな人がいるらしいの。ミューちゃんを紹介したいって言ってたよ」

「なに、ぽっちゃりタイプって。かえってムカつくけど？」

「あはは。やだー、ちょっと気を遣って言ってみたんだよ。ぽっちゃりじゃなくて、なんていうの、ああほら、デブ専だ、デブ専。すごく大きくて、むにゅむにゅしてる子が好きなんだって。どう？　ミューちゃん。ぴったりじゃん」

「そういうことなら、いいかも」

ミューちゃんはいくぶん誇らしげに答える。自分もそろそろ彼氏というものをつくらなくてはいけないと真剣に思いはじめている。何事も体験しなきゃ、小説家にはなれないんだから、と。

紹介の話を聞いたとたん、ミューちゃんに気力と活力が戻ってきた。ミューちゃんは、社内報にどれほど力を入れているか、また社内報がいかに社員たちに影響力を与えているかを力説し、覆面作家Jの小説やポエムのことも熱く語った。

「へえ、じゃあ今度、社内報持ってきてよ。わたしも読んでみたい」

まりあに言われて、ミューちゃんはなんとなく言葉を濁した。

電話を切ってから、小説の続きが浮かんできた。

夜の街をふらつくまりあに、ある男が声をかけてきた。ハイウエストのジーンズに、ナイロンのリュック。太いフレームのメガネは虹色だった。まりあは自分では気付かないうちに、有名な電化製品街に来ていたのだった。

泥酔していたまりあは、いつの間にかメイドの姿にさせられていた。まりあは、もうどうでもよかった。榎並がいない世の中なんて、生きている価値がなかった。

「まりあちゃん、とてもよく似合うよ」

虹色メガネがそう言って、まりあの写真をとりまくった。似たようなたくさんの男たちに囲まれ、まりあは瞬く間に人気者になった。

まりあの人気はとどまるところを知らず、いつしかテレビでも取りあげられるようになった。まりあのファンクラブができ、ＣＤデビューもすることとなった。まりあが榎並と別れてから、まだふた月しか経ってなかった。

そんな折、事件は起こった。テレビの生中継で、まりあが歌っているときのことだ。一人の男が、ステージに飛び込んできたのだ。

「まりあ！」

榎並だった。まりあは動けなくなってしまった。会場にいたファンからは悲鳴が飛び交い、ステージによじ上ろうとするファンもいて、あたりは騒然となった。

「榎並さん……」

「ごめん、まりあ！　俺がどうかしてたんだ。まりあなしじゃ生きられないんだ」

榎並はそう言って、まりあを抱きしめた。そのときだ。虹色メガネが突然ステージ上に現われ、榎並に体当たりした。一瞬の静寂のあと、まりあの叫び声が響いた。ステージには、真っ赤な血が流れていた……。

まりあの自殺未遂はやめた。榎並が最後刺されてしまって、ちょっとかわいそうな気もしたけど、まあいい。死なせなければいいことだ。次号では、病室でのまりあの献身的な看病により、奇跡的に助かるという設定にしよう。もちろん、刺した虹色メガネは有罪判決だ。

これなら、まりあに見せてもいいかなあ、とミューちゃんは考える。でも、榎並が刺されたことをうるさく言われるだろうから、やっぱり見せるのはやめようと思いとどまる。

そしてミューちゃんは、「桜田美夕の今月のポエム」を、誌面からなくすことを決意した。蛇川さんにはちょっと幻滅だったたし、そう思ってしまう自分は、創作活動をする人間として失格だとミューちゃんは思った。自分は浮かれすぎていたのだ。おおいに反省した。

自宅でミューちゃんはパソコンに向かう。作家になるためには、なによりも経験の多さだとミューちゃんは思っている。だから、蛇川さんにも感謝しなくてはならない。

株式会社オダギリ電気、本社西部倉庫隣発行部課、ゴンノカミノブイエジョウという立派すぎる名前の上司と、サクラダミューというアイドル並みの名前の自分。

勉強になることばかりだと、ミューちゃんは感慨深く思う。あの場所は、作家への原動力が詰まっている。

マッハの一歩

朝、目が覚めたら明菜さんはいなかった。俺の財布もなかった。時計もなかった。時計ったって、安物のシチズンだ。ベッドサイドのテーブルの上に、千円札が二枚だけあった。

「二千円かよっ」

一人突っ込みを入れてみる。しーん。むなしい。朝のラブホテル。建付けの悪い窓の隙間《すきま》から、しらじらと光がもれている。

「こんな、ドラマみたいなことが現実にあるんだなー」

半笑いでそう言ってみた。むなしさが、ちょっとだけ減ったような気がしないでもない。なーんちゃって、もちろんうそ。むなしさは、かつてないほどの勢いで燃えさかり、ぼーぼーと俺を取り巻いた。

「……出ます」

フロントに電話を入れる。こんなときでも、きちんと手順を踏んでしまう自分が悲しい。

「はいはい、お会計は済んでますんでね。またのお越しをお待ちしております。ありがとうございました」

相当な年のばあさんの声だ。はたしてこのばあさんは、今の俺の状態を知っているのだろうか。

「さあ、ここで問題です。次の三つのうち、フロントのばあさんがこの現状を見て、開口一番に言うセリフはどれでしょうか。

(1) バカだねえ
(2) バカだねえ
(3) バカだねえ

『さあ、この三つのうち、正解はどれ?』

『答え、(4) のバカだねえ、です』

『残念! 正解は (5) のバカだねえ、です!』

って、もう二度と来ねえぞっ!」

と、とっくに切れている受話器に向かって叫んだ。でもまあ、会計が済んでたってことで、とりあえずはほっとする。ありがとう明菜さん。あやうく、ばあさんに身柄拘束されるところだったよ。あはは。

思い立って、再度フロントに電話を入れる。

「すみません、さっきチェックアウトの電話入れたんですけど、やっぱシャワー浴びてってもいいっすか。十五分後には出ます」

「あー、いいですよ。掃除の人はまだ来ないから、どうぞごゆっくり」

ありがとうございます、と言おうとしたけど、「あり」のところで電話は切れた。のろのろと風呂場に行き、シャワーを浴びる。昨夜は明菜さんと一緒に泡風呂に入ったというのに……。なんで今、俺は一人なんだ。

むなしすぎる気持ちを抱えたままだったけど、熱いシャワーを浴びたらなんとなくすっきりした。ごしごしと髪を拭きながら、携帯を手にとる。迷った末に、ダメもとで明菜さんに電話を入れたけど、もちろん通じなかった。迷った自分が情けなかった。

Tシャツの上に仕事着の作業着を着て、外に出た。朝のきらめく太陽にとがめられているような気持ちになる。ムンクの「叫び」みたいに、俺のぜんぶが溶け出してゆく。

レビンのエンジンをかける。ぴらぴらしたのれんをかきわけて、いざ国道へ。と、ここでさらなる試練。すっげー渋滞だ。

この大渋滞のなか、歩道でウインカーを出したまま停止状態の俺さまのレビン。たった今、このラブホテルから出てきたことは誰がどう見てもあきらかだ。っていうか、まだレビンのケツがぴらぴらにかかってるではないか。

渋滞に退屈している連中が、おもしろそうにこっちを見ている。公衆の面前で、ラブホテルから出てくるのも恥ずかしいけど、助手席に誰も乗っていないというのは輪をかけて恥ずかしい。

「くっそおっ！」

ファ、ファーンッ。

ハンドルを叩いたら、手元が狂ってクラクションが鳴ってしまった。

軽く半径百メートル四方の人間がいっせいに俺を見る。とっさに愛想笑い。

ああ、今すぐ死んでしまいたい……。


なんとか時間までに会社に着き、仕事仲間たちと現場へ向かった。

「マッハ、おめえ、またラブホ帰りかよっ。安っぽい石鹸《せっけん》の匂いがプンプンするぞ」

軽トラを運転している、先輩の衣笠《きぬがさ》さんに言われる。思えばこの衣笠さんとの出会いによって、俺は人妻といういばらの道へと転落したのだった。

「そんなのばっかりに金使ってないで、ちったあ貯金しろよ」

身に沁《し》みるお言葉。俺の全財産、現在二千円。貯金だなんて、通帳すら持ってない。

「給料手渡しだと、みんな使っちゃうんだよなあ。親方、振込みにしてくれたっていいのにな。あー、それにしてもお前、いい匂いだなあ」

キヌさんが俺の首のあたりをくんくんする。キヌさんの呑気《のんき》さがうらやましい。「おそ松くん」という漫画に出てくる、イヤミにそっくりな風貌だ。こう見えて二人の子どもの父親でもある。奥さんも意外とかわいいという噂。世の中は、非常に不公平にできている。

今日の仕事も引き続き「白石邸」だ。新築のお宅での電気工事。この不景気なご時世に三百坪の土地に二百坪の家。金持ちっているんだよなあ。羽振りいいなあ。

「昼どうする？」

ドリルでドルドルやってたら、キヌさんに肩を叩かれた。

「あれ？　キヌさん、今日は弁当じゃないんですか？」

キヌさんは最近もっぱら愛妻弁当だ。

「今日はナシ。実は昨日から嫁の奴、実家に帰っちゃってんだよな」

「ええ!?」

ということで、白石邸から程近い定食屋へ。給料日まであと一週間。なけなしの二千円で保《も》たせなければならない。でも空腹には勝てない。キヌさんの、嫁に逃げられた話も聞いてやらなきゃいけないし、人妻に金を盗られたぐらいで食費を切り詰めるなんて、俺はそんなにみみっちい人間ではない。

「しょうが焼き定食と中華丼、お願いします！」

「俺は、焼き鮭《ざけ》定食」

俺のあとに続けて注文するキヌさんの声は、心なしか暗い。

「キヌさん！　俺、まんまとやられちまいましたよ。明菜さんに逃げられちゃったっす」

キヌさんを励ますように、努めて明るくぶっちゃけた。

「うそ？　マジで？　ひでえことするなあ、あの女」

明菜さんのことはキヌさんも知っている。一緒に飲みに行ったりカラオケに行ったりしたこともあるし、そもそもキヌさんごひいきの奈々子ちゃんの友達ということで、俺に明菜さんを紹介してくれたのはキヌさんだった。ちなみに明菜さんの肩書きは一般主婦。

「俺ももう、奈々子と連絡取ってないしなあ。他の知り合いに明菜のこと聞いてみようか」

キヌさんの心配そうな顔に、俺は首を振る。

「いいんすいいんす、自分のことは。明菜さんのことはもうあきらめました。これっぽっちの未練もないっす！」

そう、未練なし。それほどばかじゃない。たんに騙《だま》されたってわけだ。

「俺のことよりも、キヌさんですよ。奥さんとケンカでもしたんですか」

「え、なんで？」

「だって奥さん、実家に帰っちゃったんでしょ」

ああ、あれ。そう言って、キヌさんは照れたように笑った。

「言ってなかったっけ。うちの奥さん、今腹ボテなのよ。そろそろ近いからってんで、実家に世話になってるの」

「……そ、そうだったんすか」

さっきの憂いを秘めたキヌさんの顔はなんだったんだ。ただの寝不足の顔色の悪さかよ。明菜さんのこと、言わなけりゃよかった。

会計を済ませたあとの俺の全財産は六百七十円。さみしく小銭をかぞえてたら、キヌさんが万札をひらりと俺によこした。

「それで食いつなげ」

「あ、あ、ありがとうございますうー」

さすが、風俗の合間をかいくぐって三人目を仕込んだだけのことはある。尊敬に値する。

工業高校を卒業して早七年。二十四かあ。あ、来月で二十五かあ。信じらんねえなあ。中

学のときから使っているパイプベッドに寝転んで、バイク雑誌を読んでたら、

「お兄ちゃんっ！」

と、妹がでかい声で部屋のドアを開けた。

「なんだよう。急に開けんなよ」

こいつはノックというものを知らない。これまでに何度、肝を冷やす場面に出くわしたことか。

「うるさいっ」

「お前って、なんでそういつも怒り口調なわけ？」

「お兄ちゃんの存在自体がムカつくのよっ」

確かに、自分自身の存在意義について、多少なりとも思いをめぐらせているところだったので、反論するのはやめておいた。

「……で、なんか用すか？」

ドアの前で仁王立ちしている妹に、しずかに問う。

「あ、そうそう、それを言いに来たんだった。下に友達来てるよ」

「誰？」

聞くと、妹は「知るか」と言って、ドアを開けたまま行ってしまった。よっぽど嫌われて

いるらしい。兄のメンツなしだが、いたしかたない。実家に住み着いている、寄生虫のような兄の存在を許せないのだろう。先月も家に入れる金が足りなくて、妹に一万円借りちゃったし。

あいつは、本当の妹とは思えないくらいよくできている人間だ。国立大学に合格したときは、俺も両親も親戚中の誰しもが、泡を吹いて卒倒しそうになった。妹は一族の宝だ。

友達っていったら、どうせゲイリーかキャメルあたりだろうなと思って、玄関に出てみると、案の定ゲイリーだった。スーツなんて着てる。

「仕事帰り？」

ゲイリーは自動車の営業販売だ。まあ上がれよ、と言ったところで、ゲイリーのうしろから麻衣子ちゃんがひょいっと顔を出した。

「おひさしぶり」

そう言って、手のひらをピンとのばして、指をひらひらさせる麻衣子ちゃん。まぶしい。まぶしいぞ。目をやられてしまう。思わず手をかざすと、「なあに？」と、これまたかわいらしい声で言う。ああ、そうだ。こういう子がいる世界がこの世にはあったのだ。俺は今まで暗黒街をさまよっていたのだ。

「俺たちさ、結婚することになったからさ」

ゲイリーがさらりと言う。

「あ、そうなの」

内心びっくりしたけど、努めてなんでもないふうに答えた。

「できちゃってさ」

目尻をぽりぽりとやりながら、ゲイリーが言う。

「なにが？」

と、決してボケじゃなく聞いてしまった俺は、最大級の阿呆《あほう》だろう。

「なにがって、決まってんだろ」

ゲイリーに肩をグーパンチされても気が付かず、麻衣子ちゃんがそっとお腹に手を当てた仕草でようやくわかった。

「あ、ああ、そうなの」

頭のピントはズレたままだった。慌てて「おめでとう」と付け足した。寄ってけば？　と誘ってみたけど、近くまで来ただけだからと言って、ゲイリーと麻衣子ちゃんはさわやかに去って行った。

「へえ、あの人たち結婚するんだ」

玄関でぼうっと突っ立ってる俺に、妹が声をかけてきた。

「ああ、うん、そうらしいな」

変わらず突っ立ったままの俺に、妹が「邪魔！」と言って、脛《すね》を蹴りあげる。

「ちょっと、どいてよ。バイト行くんだから」

シッシ、と嫌な顔をされる。

「こんな時間からバイトかよ。大丈夫か」

そう言うと、妹はさもばかにしたように俺を見て、

「こんな時間って、まだ七時だよ。あたしはね、お兄ちゃんみたいに時間を無駄にしたくないの。ばんばん働いてお金も貯めたいし、勉強もしたいし。あ、こないだ貸した一万円、早く返してよね。十二パーセントの利子も忘れずに」

そう言って、自転車に乗ってさっさと行ってしまった。またもや玄関に取り残される俺。

それにしても、まだ七時だなんて。今日はなんて長い一日なんだ。

とりあえず風呂に入ろうと思って、服を脱いだはいいけど、湯船はからっぽだった。

「なんだよお、湯が溜めてねえぞお！」

風呂場から大声を出すと、台所から「洗っといてえ」と、母ちゃんの声が聞こえた。仕方なく全裸での風呂掃除となった。ぴかぴかに磨きあげたら、湯を張る頃にはすっかり疲れてしまい、シャワーだけ浴びて早々にベッドにもぐり込んだ。

「ウルフルズでいいんじゃないかな。コブクロもほら、ちょっとアレだしさ。こういう場合は定番がいいんだよ。長渕でもいいんだけど、ゲイリーは長渕派じゃないでしょ。だから、いいよな、『バンザイ』で」

カラオケボックスで、一人さんざん悩んだあげくに、キャメルが言う。

「俺はなんでもいいって、さっきからずっと言ってる」

二杯目の青りんごサワーを飲みながら、フライドポテトをつまむ。キャメルが悩んでいるのは、来月にあるゲイリーと麻衣子ちゃんの結婚披露宴で歌う歌だ。腹が出る前に、式を挙げたいらしく、急いで日取りを決めたらしい。急なことなので、大安の日曜が空いているわけもなく、十三日の金曜日、しかも仏滅だ。仕事帰りに来られるように披露宴は午後六時から。

「あー、やっぱ、どうしようかな。ウルフルズじゃまんますぎるか。王道の『らいおんハート』いっちゃう？　レミオでもいっかー」

「だからあ、俺はなんだっていいからさ、キャメルが勝手に決めてくれよ」

歌本を見ながら頭を抱えているキャメルにそう言うと、キャメルはこっちをにらんで一気にまくしたてた。

「なんだよ。だいたいさ、マッハは友達甲斐がないよ。人妻に逃げられたからって、そう落ち込むことないだろ。そもそも明菜さんなんて、最初から他人のもんじゃない。これまでいい目見られただけでありがたいじゃないの。そんなちっちゃいこといつまでも気にすんなよ。もういいじゃん。ケチなことは忘れちゃおうぜ。要は、遊ばれただけなんだよ。俺がさんざん忠告したのにさ。それよかさ、今はゲイリーと麻衣子ちゃんの披露宴のほうが大事だよ。わかってんのかよ、マッハ？」

「うるせえっ！」

一喝したら、外国人のようにおおげさに肩をあげるリアクションをするキャメル。こいつだって一時期熟女にハマって、相当入れあげてたくせに。

キャメルは高校を卒業してから、地元の繊維工場に勤めていたけど、二年ほど前に辞めて、今は実家の不動産屋を手伝っている。めちゃくちゃ小さな店舗で、こんなんで食っていけるのかと思うけど、なかなかどうして儲《もう》かっているらしい。

「腹減った。ピザ注文していいか」

キャメルに聞くと、遠慮しないでどんどん頼みなよ、という太っ腹な返事。金のある奴は違う。キャメルのくせに、ちょっとばかし偉く見える。

「決めたっ！　氣志團の『マブダチ』にする！　それでいいよな、マッハ？」

最近太ってきたキャメルは、ラクダというよりカバ寄りになってきている。

「なあ、カバって英語でなんて言うの」

気になって思わず聞いてみた。

「はあ？　知らないよ。ヒポなんとかじゃなかったっけ？　ヒポポタモリとか？　ヒポポタマキンとか」

自分で言って爆笑している。

「そんなことより、ちょっとお、マッハ！　今の聞いてたのかよ！　氣志團の『マブダチ』にしたからな！　決まりっ！」

「マブダチ？　そんな歌知らないぞ」

そう言うと、呆れたように俺を眺め、

「マッハはこの世から隔離されてたもんな。人妻の中心で愛を叫ぶ、だったもんな」

と言って、おおげさにため息をついた。

「でも大丈夫！　すぐに覚えられるから。よし、マッハ。今から歌いまくろうぜ！」

それから二時間びっちり氣志團の『マブダチ』をやらされた。振り付けもあるということで、それは宿題となった。そんなＤＶＤ持ってないと言うと、「ユーチューブにあると思うから」と言われた。キャメルの言うことはマジでわからない。ユーチューブってなんだ？

エクササイズで使うゴムみたいなやつか？　なんとかチューブみたいな？

帰りぎわ、ヒポポタマキンから、さんざんパソコンやインターネットの説明を受け、今日のところは解散となった。


明菜さんのことは、決して本気だったわけじゃない。あ、いや、うそ。かなりマジだった、かもしれない。結婚してるのはもちろん知ってたし、上の子が中学生だってことも知っている。下の子にいたっては、俺と付き合っている間に妊娠、出産という、俺にとってはかなり痛く衝撃的な出来事もあったけど、それくらいの障壁の前では、明菜さんに対する愛はびくともしなかった。あ、いや、正直言って「びくっ」とはした。だって、俺の子かもしんないって思ったから。それだったらそれでいい。こちとら、結婚する心構えはいつでもできてんだ、って燃えてたけど、血液型は見事に違った。

「そんなヘマするわけないじゃない。ばっかじゃないの」

と明菜さんは笑ったけど、それは愛情ゆえだと思ってる。

「六年近くだもんなあ。長かったよなあ。熱かったよなあ」

思わず、そう口に出して言ってみる。さみしさが押し寄せてくる。

「で、最後がこうだもんなあ」

続けてそう言ってみた。さみしさはほとんど追いやられて、今度は情けなさがつのってきた。

「結局ダメダメな俺、ってことかあ。あはは」

そう言ったところで、妹が部屋に入ってきた。

「だからあ、ノックしろよなあー」

妹は仁王立ちで、こちらをにらんでいる。

「ねえ、これ一体なんなの？　へんな紙、あたしの部屋のドアに貼らないでよ。『マブダチユーチューブゴムたのむ』って、なんなの？　キモいんですけどっ！　意味わかんないんですけどっ！」

キャメルが妹に頼んで見せてもらえ、って言うから、ドアにメモを貼り付けておいたのだった。

「やっぱ、お前もわかんないか。ユーチューブゴムっていうのがあるらしいんだよな。それが一体どういうシロモノなのかぜんぜんわかんないんだけど、それを見れば、氣志團の振り付けができるらしいんだよ。ったく、複雑な世の中だよな。そんな魔法みたいな話、あるわけな……」

と、ここまでしゃべったところで、「死んでいい！」と、妹に一蹴された。

「ユーチューブくらい英語で書きなさいよ！　それに字が汚すぎて読めないのよ！」

「……はあ？」

ぽかんとしている俺に、妹がまくしたてる。

「お兄ちゃんの言いたいことはわかった。こないだ家に来た人たちの結婚披露宴で、氣志團の『マブダチ』を歌うのね。それの振り付けを覚えたいから、YouTubeを見たいわけか。ふーん、いいよ、わかった。でも、タダじゃ嫌だからね。あたしの部屋に入って、お兄ちゃんが踊るわけでしょ。それって、かなりきついよね。そうだな、じゃあ、一日千円でいいよ。あたしがいないときなら何回見てもいいから。どうなの？　いいの？　わかった？」

ほとんどわからないまま、「ＯＫだ」とうなずく。

「今、金ないから、給料日まで待ってくれる？」

そう聞くと、十二パーセントの利子つけてね、と真顔で言われた。

白石邸の仕事が終わった日、キヌさんが飲みに誘ってくれた。おねえちゃんたちがいる店だ。といっても、かなり良心的。アットホームな小さな店舗で、キヌさんの行きつけだ。

「白石邸のあの施主さん、けっこうなやり手だよ」

キヌさんがこっそりと打ち明けるように言う。

「向こうも気付かないみたいだったから、俺も黙ってたけどさ。あれ、奈々子が前に勤めてた店のママさんだぜ。いろんな噂相当聞いたけど、結局あんな豪邸建てちゃうんだもんなあ。だって、内装だけでかなりな額よ。普通の家だったら軽く十軒は建っちゃうぜ、すげえよなあ」

昼間に現場に立ち寄って、缶コーヒーの差し入れをしてくれた施主さんの顔を思い浮かべる。きれいなおばさんだった。まさにマダムって感じの。

「女はコワイよ。お前ももう、人妻からは足を洗え」

そうっすね、と素直にうなずく。俺も、しばらくはいいやって本気で思ってる。

昨日も妹のパソコン借りて、振り付けの練習をした。金が貯まったら、パソコンを買おうと決めた。

「インターネットっていうのは、世界中につながっているんだよ!」

妹がなぜかキレ気味に、そう言ってた。その言葉がなんとなく胸にひっかかっている。子どもの頃に使っていた地球儀を、押入れから出してみた。今さらながらに気付いたけど、世界っていうのは、ものすごく大きかった。地球まるごとってことだ。愕然とした。

「こちらのおにいさん、グッドルッキングボーイねえ。モテるでしょう」

カウンターの向こうから、ママさんが言う。キヌさんがすかさず、「こいつ、ふられたばっかり」と挟む。

「あらあ、もったいないわねえ」

豪快に口を開けて笑ったママさんの銀歯を見て、なんだかほっとする。

「あたしはどうですかあ」

そう言いながら女の子が隣にやって来て、お酌をしてくれた。

「早く新しい女見つけたほうがいいな」

キヌさんに言われて、

「しばらくはいいっす」

と答えると、女の子は俄然顔を輝かせて、腕をからめてきた。そのとき、ああ、そうか、恋愛ってこういうもんだったんだよなあ、とふと思い出した。押してひいて、ひいて押して。俺、明菜さんに突っ走りすぎたよなあ。「のれんに腕押し」ってことわざ、こういうときに使うのかなあ。実体ないのに、力いっぱい突進してただけだったもんな。

「あたし、彼氏募集中なんですう」

満面の笑み。しもぶくれ気味で垂れ目の、愛嬌のある女の子だ。足はかなり太いけど、性格は良さそうだ。

カラオケをすすめられて、「マブダチ」を歌った。振り付けもしたら、ものすごく盛り上

がった。ママが投げキッスをしてくれた。しもぶくれの女の子にもおおいにうけて、

「やだもうっ、妊娠しそう！」

と言って抱きついてきた。なかなかモテた一日だった。


給料日が来た。キヌさんに一万円を返して、家に金を入れて、妹に借りてた金とパソコンレンタル料を払った。

「お前さ、そんなに金貯めて、なんか使う予定あるの？」

妹に聞いてみると、語学留学を考えているとのこと。びっくりしすぎて固まった。フリーズしたあと、思わず、兄ちゃんも援助するぞ、と冗談ぽく言ってみたら、

「自分一人の力で、最初から最後までやりたい」

と言われた。またまた虚を衝かれた。尊敬やら、いじらしいやら、誇らしいやら、そんないろんな感情がどどーっと押し寄せてきて、それに比べてこの兄貴は、と思ったら最終的には泣きたくなった。

一から出直そう。マジで誓った。

「お前、ばっかじゃねえの！　こんなの着られるわけねえだろっ！　ざけんなよ！」

おととい、キャメルとカラオケに行って、歌と踊りの最終チェックをした。衣装を用意しておくから当日をたのしみに、なんて奴に言われて、礼を言った自分が口惜しい。

披露宴当日。でっかくてきれいなホテル。待ち合わせしたぴかぴかに磨かれたロビーで、意気揚々とキャメルに見せられた余興の衣装。

「衣装って、学ランじゃねえのかよ！　冗談じゃねえぞ！」

キャメルが用意してきたのは、ケツが見えそうなほどの食い込みのデニム生地のホットパンツと、星条旗のランニングと同じく、星条旗のハイソックスだった。ユーチューブで見た『マブダチ』のPVで、うしろのほうで踊っていた三人組の衣装だ。こんなの一体どこで集めたんだ。

「学ランなんてふつうすぎるよ。もっと大人数ならそれでもいいけど、今回は二人だけだろ？　インパクトがなにより大事だよ。ほら、これ見てよ。リーゼントのヅラも用意したんだ。他の余興の奴らに負けてられないからな」

「勝ち負けじゃねえんだよ！　つつーか、これ着た時点で負けだっつーんだよ！」

しつこく文句を言う俺を尻目に、

「ほら、マッハ。式がはじまっちゃうぜ。とりあえず急ごう！　衣装のことはまたあとでな」

キャメルが俺の腕をつかんではぐらかす。フンッ、ぜってえ着ねえからな！

ホテルに隣接しているチャペルにはすでに人が集まっていた。かなりな人数だ。俺たちが席に着いたとたんに、オルガンが鳴り出した。盛大な拍手。ドアが開く。新郎新婦の入場。

ゲイリーがうれしさをこらえきれないような、それでいて緊張しているようなおもろ顔で、ぎくしゃくと歩いてくる。笑える。一方、隣の麻衣子ちゃんはとってもきれいだ。胸元から肩までが大きく開いている純白のドレス。ものすごく似合ってる。お腹はぜんぜん目立たない。

キャメルがピーッと指笛を吹いたら、ゲイリーが気付いて、軽く手をあげて笑った。参列者たちからも笑い声があがって、ゲイリーも緊張がほぐれたみたいだった。

それから、牧師さんの話があって（どう考えても、わざとたどたどしい日本語で言ってるとしか思えない発音で、お前、何年日本にいるんだよ！　と何度も突っ込みたくなった）、指輪の交換があって、誓いのキスがあって、結婚宣言があった。ちょっとだけ感動だった。結婚ってこうやってするんだと妙に感心した。

外に出た二人に紙吹雪《ふぶき》で祝福。ゲイリーも麻衣子ちゃんも、とっても幸せそうだ。

喫煙所でたばこを二本吸ってから、披露宴会場に向かった。

「ご祝儀、いくらにした？」

キャメルが今さら、そんなことを聞いてくる。三本指を立てると、

「なんだ、マッハ、金ないからてっきり二万かと思った。そろえたほうがいいと思って、俺、二万しか入れてこなかった。しょうがない、一枚足しとくか」

と言って、キャメルが財布から万札を抜き出して祝儀袋に突っ込む。せこい奴だ。

受付を済ませようと案内のほうに向かっていると、キャメルが突如ツーステップを踏みはじめた。

「ヨネちゃーん！」

大きく手を振っている。受付にはヨネちゃんが立っていたのだった。米川まりあ。高校時代のキャメルの彼女だ。

そして、その隣には、愛がいた。かつての俺の彼女。

ふいに目が合う。逸《そ》らそうとする前に、愛のほうから笑いかけてくれた。すうっと肩の力が抜けた。俺も笑い返そうとするけれど、ぜんぜんうまくいかなかった。かえって、眉根にしわが寄った気がした。

「マッハ、ひさしぶりだね。元気だった？」

愛が明るく話しかけてくれる。俺はなんだか立つ瀬がなくて、ふつうに話せばいいのにそ

んな簡単なこともできなくて、最低最悪のどうしようもない、情けない男全開だった。記帳する手元もかすかにふるえて、しかもなにを間違えたのか、ペンじゃなくて筆のほうを取ってしまい、取ったからには今さらあとにひけないと思い、小学生の書き初め以来、何年かぶりに自分の名前を筆で書くはめとなってしまった。

「象形文字？」

と、まじめにヨネちゃんが聞くほどの乱れようだった。習字を習いに行こう、と思った。

キャメルとヨネちゃんと愛は、三人でたのしそうに話している。お調子者のキャメルは、二人を、これでもかっていうくらい褒めちぎっている。確かに、ドレスを着た二人はまぶしかった。特に愛。ものすごくきれいになってる。直視できないほどだ。

「マッハは愛ちゃんに会うの、超ひさしぶりなんじゃない？　だって、人妻にのりかえて以来でしょ？　あっ、こいつ、ついこないだ、その人妻にこてんぱんにふられたんだよ。笑っちゃうよ、朝起き……」

と、ここでキャメルの尻を思い切り蹴りあげた。今すぐ死ね、死ね死ね！

愛はそれでも笑顔を絶やさず、目を細めて俺たちを見ている。ヨネちゃんの刺すような視線だけが痛かった。

「あっ、結婚したの？」

と、とっさに愛に言った瞬間、死にたくなった。五年ぶりに交わした会話のしょっぱなが「あっ、結婚したの？」だって。ばかじゃねえの俺。これじゃあ、自分で別れを告げておきながらも、元カノの現在の動向が気になる、未練たらたら自意識過剰の史上最悪男ではないか。直立不動の消え入りたい気持ちで、頭を抱えた小人の自分をイメージしていたら、

「ああ、これ。これは違うの。結婚はまだしてないよ」

と、愛が頰を赤らめて、左薬指にはめていた指輪を隠した。

「かっこいい彼氏にもらったんだもんねー、ねえ？　愛」

ヨネちゃんが言う。ヨネちゃんは、どうやら俺のことが本気で嫌いみたいだ。まあ、過去のことを考えたら当然かもしれない。ヨネちゃんは友達思いだ。

「愛の彼氏って、横峰くんだよ。マッハ、知ってるでしょ？　中学同じだって」

は？　と間抜けたひと声発してからしばらく、頭のなかの記憶がめまぐるしく打ち出され、横峰達也という同級生の顔が、どーんと浮かんできた。顔よし、性格よし、頭よし、運動神経よし、のナイスガイだ。

「あっ、そうか、そうなのか、そうかあ。横峰くんかあ。ハイパーいい奴だよなあ、お似合いだよなあ。よかったよかった」

誠心誠意、心をこめて言ったつもりだけど、場はなぜかしーんとなった。愛は困った顔で

視線を避けるし、ヨネちゃんは怒りを通り越した呆れ顔。キャメルは、哀れみの表情で俺の肩を抱き寄せた。なんかまた失敗したらしい、俺……。

丸テーブルには、愛とヨネちゃんと、友人であるらしい女の子二人、それとキャメルと俺の六人。女の子たちは麻衣子ちゃんの高校時代の友達らしく、たのしそうに話をしている。聞くともなく聞いていると、どうやら話題は彼氏のことらしい。

「次は、愛の番だね」

とかなんとか言っている。ゲイリーの座席表の配慮におおいに異議あり。

「こういう席での出会いって、かなり多いってきくけど、今日は無理みたいだね」

キャメルが悲しそうな目をして、耳打ちしてくる。そんなもんに期待してんじゃねーよ、と返してみるけど、まわりの女の子たちの明るすぎるオーラにめまいを感じる。ひさしぶりに、こう、よどみのないきれいな日の光を浴びたって感じだ。思えば、明菜さんは負のオーラだったよなあ……。

ぼんやりしてたら、愛とふいに目が合った。愛が微笑んでくれたから、俺もなんとなくそうした。改めて、きれいになったなあと思う。惜しいことした、なんて言うつもりは毛頭ないけど、なんつーか、地球一周くらい出遅れた感じだ。そして俺はきっともう追いつけない。

道は完全に分かれてしまったのだ。

少しだけ感傷に浸ってたら、灯りが消えた。司会の人が、披露宴開始の挨拶をはじめる。入場。盛大な拍手。

「麻衣子、すごくきれい！　おめでとう！」

ヨネちゃんが大きな声で言って、拍手をする。それにつられて、同じテーブル席の女の子も口々におめでとうを連発。

麻衣子ちゃんは本当にきれいだった。幸せ感、満ちあふれ。こんな情けなく冴えない俺と、今同じ空気を吸わせているのが申し訳ないくらいの清廉さだ。

「俺もいつか結婚できるのかな」

キャメルの悲壮なつぶやきが聞こえる。悲しくうなずく俺。あのアホなゲイリーが結婚だもんなあ。そればかりか、来年には父親になっちまうんだからなあ。信じられないよなあ。どこで道を踏み違えたのかなあ、って人妻にのめり込んだ時点に決まってるんだけど。ゲイリーと同じ場所にいた高校生の頃が、今となっては夢のようだ。

「元気出せよっ！」

ぐるぐるといろんなことを考えてたら、キャメルにでかい声で肩を叩かれた。同じテーブルの女の子たちがいっせいにこっちを見る。

「そのうちに、いい娘がきっと見つかるって！　なっ、マッハ！」

俺の肩をがっしと抱きながら、芝居がかった口調でキャメルが言う。な、なんなんだよ急に。お前のほうこそ元気出してとっとと彼女見つけろよ！　と突っ込みを入れる前に、女の子たちに大爆笑された。超恥ずかしかった。


さらなる超恥ずかしいこと、忘れてた。余興だ。氣志團だ。「マブダチ」だ。そして、あのあやしすぎる衣装。

「コウちゃんとマッハも歌うの？　わたしと愛も歌うんだよ。定番アムロっちだけどね」

コウちゃんという呼び名をひさしぶりに聞いた。キャメルのことだ。ちょっとだけ感慨深い。

「俺たちは氣志團だよ。振り付けばっちりだから！　ヨネちゃん、愛ちゃん、俺に惚れるなよ」

キャメルがはしゃいで答える。バカバカアホ！　そうこうしているうちに、ヨネちゃんと愛が呼ばれてスピーチをはじめた。高校三年のはじめてのデートのときのことを話している。ゲイリー、キャメル、俺、ヨネちゃん、愛、麻衣子ちゃんの六人で、八景島シーパラダイスに行ったときのことだ。たのしかった。文句なしに。よく覚えてる。

『CAN YOU CELEBRATE?』の前奏がかかる。ちょ、ちょっとやべえ。俺なんだか泣きそうなんですけど。

　二人の美声を聴きながら、遠い昔の思い出を脳裏から無理やり追い出そうとしていると、キャメルが俺の手をぐいと引っ張った。

「そろそろ準備に行かないと」

「準備ってなんだよ。呼ばれたら前に出ればいいだけだろ」

「衣装に着替えるんだよ。早くしろよ、マッハ」

「やだって！　ぜってえ、やだよ！　愛もいるんだぞ。少しは俺の立場、考えてくれよ」

　と、ちょうどそこに戻ってきたヨネちゃんが、

「愛がどうしたって？」

　と、きつい眼力で聞いてきた。

「マッハがさー……」

　とキャメルが余計なことを言わないうちに口をふさぎ、そのままひきずって披露宴会場を出た。

　鏡の前に立つ俺。今すぐ死んでいいだろう。

「すっげー似合うじゃん。今日は俺たちが主役だねっ」

キャメルよ、お前も今すぐ死んだほうが賢明だ。

「ほらっ、もうこうなったら腹をくくって。なっ、マッハ！」

「うるせえっ！　こんなん着て、人前に出られるか！」

リーゼントのヅラを床に叩きつけた。

「……マッハ」

「なんだよ」

「そんなに愛ちゃんが気になるの？」

突然シリアスなキャメル。なんなんだよ。

「あんなにかわいくて性格のいい愛ちゃんと別れて、人妻に走ったのはマッハ自身だよ。それなのに今さら愛ちゃんのことを気にするなんておかしいよ。自意識過剰なんじゃない？」

「うるせえっ！」

愛だけを気にしてるんじゃなくて、この衣装がそもそも嫌だってんだよ。

「マッハはさ、ゲイリーと同じように、今日が新しい第一歩なんだよ！　今ここで、これまでの過去を葬り去って、新しい自分になるんだよ！　それには、この衣装を着て歌うしかないんだ！　今日こそがチャンスなんだよ！」

キャメルの自分勝手な言い分にはムカついたけど、新しい自分、っていうところは胸に刺さった。

そうなのだ。そろそろ現実に目を向けなくてはならない。夢を追いかける妹や、結婚して父親になるゲイリーや、ナイスガイに恋してきらきらしている愛たちに、ほんの少しでもいいから近づきたい。

そうだ、俺の新たなる第一歩だ。新しいマッハ伝説のはじまりだ。

「動くと危険ブツが出そうだな、こりゃちょっとまずい。放送禁止で司会者に止められるかもしんねえ……」

などと、ぶつぶつ言ってるキャメルの肩を叩いて、リーゼントのヅラを拾った。

「決めたっ！　やるぞっ！」

ホットパンツの食い込みを必死で直しているちょいデブのキャメルに、意を決してガッツポーズを向けた。そうこなくっちゃ、と言って、キャメルが歯並びの悪い前歯を見せる。

司会の人の声が聞こえてきた。

「続いては、新郎の友人、キャメルくんとマッハくんによる歌です。振り付けもばっちりだそうです。では登場してもらいましょう！」

拍手とともに星条旗のランニングとハイソックス、色落ちしたデニムのホットパンツ、ながーいリーゼントのヅラで入場。会場が揺れたように、わっ、と沸く。野次や口笛のオンパレード。

「曲は、氣志團の『マブダチ』です！」

定位置に立って、音楽とともに振り付け開始！　会場は、やんややんやの大盛り上がりだ。新郎新婦の幸せそうな顔。ヨネちゃんも笑ってる。愛も大きな口を開けて笑ってる。二人とも涙まで流しているではないか。よしっ。これでいい。マッハさまの新たなる人生の幕開けだ。

軽快なリズムに合わせて、YouTubeで覚えた振り付けを完璧にこなす。超恥ずかしいけど、超たのしいぞ。いいぞ。いけっ、マッハ。その調子だ。

俺は、本当にひさしぶりに懸命に燃えている自分に気が付いた。こんな些細《ささい》なことが、単純に心からうれしいのだった。小さいけど、大きな一歩だった。

希望のヒカリ

国破れて山河あり。恋に敗れて就職なし。泣きっ面に蜂。弱り目に祟《たた》り目。剣山の上でジャンプ。徹夜明けの生理痛。ぶつけた足の小指で画鋲《がびょう》を踏む。

ヒカリは、歩きながらぶつぶつと独り言を言っている。これで三十六社目だ。もちろん世の中の情勢はよくわかっている。この大不況だ。思ったように物事が進むわけはない。あたしだけは大丈夫だなんて、ほんの少しでさえ思っていた自分が恥ずかしい……。

ヒカリは、二月のぴりりとした空を見上げる。冷たい風が、着慣れないリクルートスーツに容赦なく吹きつける。冬特有の乾燥した澄んだ空気が、ヒカリにある国を思い出させる。

ニュージーランド。

牧歌的なあの国に、ヒカリは去年一年間滞在していた。

大学三年になる春休みを利用して、ヒカリはニュージーランドへ語学留学をした。留学といっても、二週間ほど語学学校に通っただけだ。授業料は一週間単位での支払いなので、延長したい場合は相応の金額を払って申し込みをすればよかった。

はじめての海外。ヒカリは慎重に考え、治安がよく人柄もよさそうで、日本との時差三時間という、きわめて過ごしやすいであろうニュージーランドに決めた。多少の訛《なま》りがあるということだったけれど、それも勉強のうちだと思った。

ホームステイ先を紹介してもらい、意気揚々と日本を発った。はじめて乗った飛行機にも、はじめて降り立った異国の地にも感動した。地球は広いんだと改めて思った。

ステイ先の家の人は四十代のおばさんで、とても太っていた。その、日本人とは違う樽《たる》型の肉付きにすら、ヒカリは異国情緒を覚えた。見るものすべてが新鮮だった。なにしろはじめての海外だ。冷静沈着と言われるヒカリだったけれど、興奮はおさえきれなかった。

語学学校でのクラス分けテストで、ヒカリはいちばん上のクラスに振り分けられた。英語は昔から好きな科目だった。経済学部という無難な道を選んでしまったヒカリだったけれど、本当は英文科に進みたかった。中古品の英会話CDはデッキが壊れるほど聴いたし、シドニー・シェルダンのペーパーバックもほとんど網羅した。日常会話程度なら、パードンなしで成り立った。

授業はむずかしかったけれど、充実していた。日本人の友人もできた。韓国人もスウェーデン人も。たのしかった。母国から遠く離れた異国で、同じ目的を持つ人たち。その意気込みを感じられるだけでも充分な収穫はあった。

ヒカリは、自分自身から解放されたような気がしていた。自分は元来、生真面目で無愛想で、どちらかというと冷たい人間だと、ヒカリは分析していた。けれどそれは思い違いだった。英語を話すときの自分は、声の音量も張りもその調子も、すべて超がつくほど明るく大きく、それに付随して、これまで出し惜しみしていた笑顔が、どういうわけか自然と付いてくるのだった。ヒカリは、こういう人間なんだと決め付けていたのは、ほかでもない自分だったことに気が付いた。

二週間の授業が終わりに近づいた頃にはほとんどすっかり、クライストチャーチという街や、一日の全部を英語で話すということに慣れていた。

最後の授業が終わり、学校のラウンジでコーヒーを飲んでいるときに、ロバートに声をかけられた。ロバートというのは二週間お世話になった、クラス担任の教師だ。

「ハイ、ヒカリ」

慣れ親しんだ声だった。ロバートは、これでお別れになるのは残念だと言った。ヒカリも「あたしも残念」と微笑んだ。ロバートは外国人らしく手のひらを空に向けて、肩を持ち上

げた。それから、

「明日、ランチでもどう？」

とヒカリを誘った。もちろん快諾した。先生と生徒でなくなるのだから、問題はない。

翌日、ヒカリはロバートと出かけた。ランチをして公園に行って、ドライブをしてディナーを一緒にした。ワインを飲んで、そしてキスをした。

帰国は三日後だったけれど、それまで四六時中ロバートと過ごした。めくるめく恋！

「このまま会えなくなるのはつらい。こんなに愛しているのに！」

ロバートは涙ぐんだ。男の人の涙を見たのははじめてだった。ヒカリはこのとき決意した。大学を一年留年しようと決めたのだった。


恋の力。

恋というのは本当におそろしいものだと、ヒカリはつくづく感じ入る。制御不能なもう一人の分身が勝手に身体を操作している感じ。頭のネジが十本くらい抜け落ちて、そこから桃色の蒸気がこれでもかっていうくらいプシューッと出まくる。その蒸気だけで、軽く空が飛べそうだった。

帰国後、十日も経たないうちに、ヒカリはとんぼ返りでクライストチャーチに戻ってきた。ロバートは狂喜した。ヒカリも地に足がつかなかった。空港で人目もはばからずに抱き合った。

「あたしってば、今、クライストチャーチ国際空港で、ニュージーランド人の恋人と抱き合ってる！」

そう思いながら熱い抱擁をした。頭の片隅に、家族の顔がぼんやりと浮かんだ。

「一年間留学するから」

と、ヒカリが両親に伝えたとき、母は「おやまあ」と言った。父は「ほほうっ」とおどけた。それから、お前の好きなようにしなさい、とちょっと真剣な顔つきで言った。信用しているから、と。

反対はされないだろうと思っていたけれど、両親の反応を見たとき、ヒカリは少したじろいだ。たじろいだけど、決意はゆるがなかった。桃色の蒸気は、家族の意味さえも簡単に吹き飛ばしてしまう。

「向こうでの費用は自分で出します。大学の留年費用だけは、本当に申し訳ないんだけど貸しといて。社会人になったら必ず返すから」

ヒカリは頭を下げてそう言った。父は一杯やりながら「まあまあ、そんなにしちゃほこばるなよう」と笑い、母親は「ヒカちゃん、すごいわねえ」と、娘が外国に一人で一年間も住むことにただただ感心していた。

兄貴は、旅立つ前日に「餞別《せんべつ》」と言って、十万円くれた。

「なにこれ、タダでくれるわけ？」

そう言うと「あたぼうよ」と、江戸っ子が「てやんでえ」とやるような仕草で、親指で鼻先をはじいた。兄貴にお金をもらうのは不本意だったけれど、背に腹はかえられない。ありがとうと素直に礼を言って恭しく頂戴した。

一週間ぶりのロバートの、ジャスミンのような香りをかぎながら、ヒカリは父、母、兄の、そのいかにも典型的な日本人っぽい風貌やら考え方やら日常生活やらを、わずかな郷愁とともにふっと思い出した。

でもそれはほんの一瞬のことだった。それらはすぐさまどうでもいいものとして宙に飛び去り、ちょうどそこに飛んできた鳥がくわえて、はるかかなたへ持ち去ってしまった。ヒカリの頭のなかは瞬く間にロバート一色となった。

二度目だから勝手はわかっていた。帰ってきた、とヒカリは感じた。クライストチャーチこそが、マイホームタウンだと。

ロバートの生徒で、ルームシェアを希望している韓国人の女の子がいたので、住まいはそこに決まった。ロバートの家に一緒に住むという選択肢もあったけれど、それだけはすまい、とヒカリは決めていた。同棲《どうせい》は、堕落というイメージが昔からあった。男のために奔走するなんて下品だとひそかに思っていた。いやもちろん、ヒカリはすでにロバートに骨抜きで、すっかり堕落して、奔走もしていたわけだが、同棲という言葉のイメージからだけは、自分を遠く離しておきたかった。

「あなた、ロバートの恋人なの？」

と、初対面であるフラットメイトのソナは斟酌《しんしゃく》もなく聞いてきた。ヒカリは日本人らしく笑ってごまかした。「ははん」とソナは片頬を持ちあげた。

ソナは鼻と目を整形していた。韓国では当たり前よ、と言った。

「わたしがヒカリの顔だったら、まず目を二重にするわ」

と言った。ヒカリはなんとも答えようがなく、肩をすくめた。

ロバートの口利きでヒカリの働き先も見つかった。日本料理店「タナカ」だ。

「人手が足りないからすぐに来てほしい」

とオーナーの田中さんに言われ、ヒカリはニュージーランドに着いて、二日後には働いた。働くのは好きだった。働くということはとても生産的で、ヒカリはその生産性を愛していた。

働いた分だけお金がもらえる。相応の対価。その簡単なしくみ。

ヒカリは日本でも、バイトを三つかけもちしていた。家庭教師、ファミレスの厨房、カクテルバーのウエイトレス。どれも有意義だった。もちろん嫌な思いもしたけれど、それはそれで社会勉強になったし、精神面も含めての労働だと割り切った。大学の勉強以外の時間、ヒカリはほとんど働いていた。ぜんぜんつらくなかった。手品サークルに在籍はしていたけど、あまり熱心ではなかった。

待ちに待った週末。ヒカリはロバートの家へ向かった。

「オーマイガッ！　今ここに、ヒカリが本当にいるなんて、信じられない！　夢のようだ！」

玄関を入るなりロバートはそう言って、頭を悩ましげに抱えた。熱烈なキッスのあと、ロバートは家中の電気を消した。

「ヒカリ、目をつぶって」

ヒカリは言われたとおりに、目をつぶって待った。

「オーカイ。さあ、目を開けて」

オーケーをオーカイと発音する、その響きすらいとおしい。

「わあ、すてき！」

わあ、すてき！　となんのてらいもなく言ってしまう自分を、ヒカリはほんの少しだけ照れくさく思う。

電気を消したリビングに、いくつものアロマキャンドルの灯り。

「どう？　気に入ってくれた？」

ロバートがヒカリの肩を抱き寄せる。

「ああ、なんて幻想的なの！　本当にすてき！」

ヒカリはうっとりと言う。キャンドルはリビングから廊下へと続いている。子どもの頃、町内の神社のお祭りで、社《やしろ》までの階段にろうそくが置いてあった情景がふと思い浮かんだけれど、ぶるんと頭を振って払拭《ふっしょく》した。それとこれとじゃ、情緒がまるで違う。

ヒカリはキャンドルの炎に誘導され、吸い込まれるように寝室へと入っていった。寝室はラベンダーオイルの香りがした。ステレオからは「タイタニック」のサントラが流れている。その音楽を聴いたとたん、ヒカリは身体が熱くなった。つい二週間ほど前の、ロバートとのめくるめく愛を思い出したのだ。ロバートは必ず「タイタニック」をかけるのだった。

「ヒカリ。再会できて本当にうれしい。ぼくはなんて幸せものなんだ」

ロバートがヒカリの前にひざまずいて、臆面もなくヒカリの手をとる。

「会いたかった、ロバート」

ヒカリがそう言い終わらないうちに、ロバートはヒカリを力強く引き寄せた。

「ああ」

ヒカリの口から思わず吐息がもれる。ラベンダーの香りと「タイタニック」の音楽に包まれて、ヒカリはＬＯＶＥの世界におぼれていく。


「おはよう、ヒカリ。よく眠れたかい？」

新生活の疲れと激しい愛のダブルパンチで、ヒカリはぐったりと眠っていた。ロバートはとっくに起きていたらしい。

「できたてのパンを買ってきたよ」

そう言って、紙袋に入った美味しそうなパンをヒカリに見せた。焼きたてのいい香りがただよってくる。

「今コーヒー淹れるからね。ヒカリはそのままで待ってて」

パンティ一枚だったヒカリは、とりあえずキャミソールだけ着けた。ベッドから降りようとすると、ロバートが制した。

「いいんだ、ヒカリはそのままで」

白い歯が輝く満面の笑み、そうなのだ。日本人の男との違いはこういうところにある。

「いとしい恋人のために、ぼくにできることならなんでもしてあげたいんだ」

ロバートは、照れもせずにそう言った。ヒカリは再度ベッドにもぐり込む。キャミの下にブラジャーを着けたいと思ったけれど、この雰囲気を壊してしまいそうなので我慢した。クイーンサイズのベッドに、ひととおりの支度が終わったロバートがもぐり込む。

「昨夜は最高だったよ」

そう言って、キッス、キッス、キッスの嵐。幸せでとろけてしまいそうになる。焼きたてのクロワッサンは絶品だし、ロバートの淹れてくれたコーヒーも最高だ。ニュージーランドに来て本当によかったと、ヒカリは思う。


フラットメイトのソナとは、ただ物理的に家をシェアしているというだけで、プライベートな話はほとんどしなかった。冷蔵庫の一、二段目はソナが使い、三、四段目をヒカリが使った。食事もべつだったし、夜まで働いていることが多いヒカリは、ソナと顔を合わせることも滅多になかった。気性の激しそうなソナとは、どうも合いそうになかった。

「まったく気にすることないよ」

とロバートは言った。ソナとヒカリは、ただのフラットメイトだ、と。

日本料理店「タナカ」の仕事もまずまずだった。働いている人は日本人が多く、ワーキングホリデーで来ている人がほとんどで、みんなヒカリよりも年上だった。

三十四歳の千鶴さんはオーナーの田中さんの親類らしく、「タナカ」で経理の仕事をしている。千鶴さんはニュージーランド人と結婚している。外国人と結婚している日本人女性は、おおかたが不美人であるという定説に反し、千鶴さんはとてもかわいい人だった。旦那さんのニックも、ハリウッドスターのような顔立ちだ。

あるときロバートと一緒にバーベキューに誘われた。千鶴さん夫婦の知り合いが集まって、二十人くらいの人数になった。訪れた人たちはみんな夫婦や恋人同士のカップルで、バーベキューを仕切るのはもっぱら男たちの仕事だった。

「日本人の男どもとまったく違いますよねえ」

ヒカリが千鶴さんに言うと、千鶴さんはちょっと首をかしげ、

「うーん、まあそうだけどね」

と煮えきらないような返事をした。

「だって、すべてがロマンチックじゃないですか。なによりも雰囲気を大事にしますよね。そういうことって、あたし、これまでしてもらったことがなかったから、ここにいると自分が『女の子なんだ』って、再発見できるみたいな」

ヒカリは、国際結婚をした千鶴に同意を求めるような口調で言ってみた。千鶴は「うーん、

まあねえ」

と、微笑んでいる。

「だってだって、千鶴さん、聞いてくださいよ。あたしが日本で付き合ってた男なんて！」

ヒカリは自分よりひと回りほど年上の、美しく頼りになる日本人女性に、元カレの話を聞いてもらった。

大橋は、手品サークルの一つ上の先輩だった。面倒見がよくてやさしくて人気者で、ルックスもかなりよかった。ヒカリはそれまで異性と付き合ったことがなかった。恋愛初心者のヒカリにとって、大橋は指導者でもあった。ごく当たり前でたのしいデートやクリスマスを経験させてもらった。

しばらく経って、浮かれたような熱病があらかた冷め、これから本物の愛を育んでいこうという段階でヒカリは「あれ？」と思いはじめた。

互いに実家住まいだったので、もっぱらラブホテル御用達だったけれど、大橋が必ず備え付けのビデオを鑑賞するようになったのだ。そしてそれを模倣し、自分たちにとっては難度の高い要求をしはじめたのだった。

特にあの日は最低だった。大橋は自分から誘ったくせにホテルに着いたとたん、猛烈な勢いでアダルトビデオを一人で観はじめた。会話すらろくになかった。することもないので、ヒカリはシドニー・シェルダンを読んでいた。

大橋は何本かのビデオを観終わったあと、ヒカリをそそくさと呼び寄せ「いそいで」とせかし、ことに及んだ。大橋は悪びれる様子もなく、こう言った。

「今さ、ヒカリをさ、水谷しおりに置き換えたのよ。髪型が似てるじゃん。他は想像力でなんとかね」

そう言って、うれしそうに笑ったのだった。水谷しおり、というのは当時人気ナンバーワンだったAV女優だ。

「ねえ、千鶴さん、そんなの信じられます？　あいつ、あたしのことAV女優に見立ててヤってたんですよ。ビデオ観た直後じゃないと想像力が保たないからって。ばかにするにもほどがあるでしょ」

むろん大橋には、その日のうちに別れを告げた。以来、ヒカリは男と付き合うのがおっくうになってしまった。しょうもない恋よりも、バイトや勉強のほうが有意義だった。

「でもその彼氏、正直でいいじゃない。たまにはそういうのもアリだと思うけどなあ」

千鶴さんはカラカラと笑って、そんなふうに言った。

「千鶴さんにはニックというすばらしい旦那さんがいるから、そんなふうに言えるんですよ。大体日本の男って、女が尽くすの当たり前って感じでしょ。ちょっとでも、自分が彼女になにかしてやったら大損だ、みたいな。絶対にバーベキューで肉なんて焼かないですよ。割り箸を添えてお皿にきれいに盛ってあげたのを、当たり前に食べるみたいな」

口をとがらせて言うヒカリを見て、千鶴さんはまたカラカラと笑った。

「若いわあ、ヒカリちゃん。うらやましいなあ」

そんなふうに千鶴さんは言うのだった。

経済的に余裕はなかったけれど、充実はしていた。英語には日々慣れていった。単語を知らない場合を除けば、相手が言っていることは理解できたし、返答もスムーズになっていった。ヒカリは時間があれば、辞書を片手に勉強した。元来真面目な性格だ。時間を無駄にすることは、ヒカリが最も嫌悪することの一つだった。

「ヒカリ。キムチ食べる？　友達がおすそわけしてくれたのよ」

ヒカリがキッチンで夕飯の支度をしていると、帰ってきたソナが声をかけてきた。はじめてのことだった。

「キムチ好き？」

と聞かれ「大好き」と、ヒカリは答えた。答えてから、なんで「大好き」なんて言ってしまったんだろうと思った。キムチはまあ好きだけど、「大好き」ほどではない。キムチが死ぬほど好きなのは兄貴だった。だから昔から実家の冷蔵庫には、兄貴のためのキムチが常備されている。

ヒカリは、夏まっさかりであろう北半球に位置する日本を思い浮かべる。蒸れた台所の空気をかきまぜる、扇風機の生ぬるい風。うちわを扇ぎながら、居間でトランクス一枚でのびている兄。自転車のサドルの熱さ。ゆらめくアスファルト。まとわりつく湿気。カップルばかりの海水浴場。冷房の効きすぎたカフェ。弱冷房の公立図書館……。

ヒカリは、思いつく日本の夏の景色を次々とめくってみるけれど、真冬のニュージーランドでは、うまく感じ取ることができなかった。というか、ニュージーランドに来て早五ヶ月。ヒカリはいまだに夢を見ているような気分なのだった。まるで現実感がなかった。クライストチャーチの街並みも覚えたし、顔見知りも大勢できた。ロバートは変わらずやさしいし、英語も上達した。それなのに、まだふわふわと宙を歩いている気分はぬぐえなかった。

「一緒に食べない？」

ソナの提案にうなずき、ヒカリは、茹《ゆ》でようと思っていたパスタを二人分に増やした。

ひさしぶりのキムチは、驚くほどおいしかった。身体があたたまる気がした。今頃、兄貴もビールのつまみにキムチを食べてるだろうな、と思うとおかしかった。毛嫌いしていた兄貴だけど、遠くにいると妙に懐かしく感じる。

「ねえ、ヒカリ」

ソナはワインを飲んでいる。ヒカリも一杯だけいただいた。

「ん？」

「ロバートとうまくいってる？」

イエス、とヒカリは答えた。

「ロバートって、バツイチなんだよね」

ソナの言葉に、ヒカリは思わず日本語で「ええっ!?」と反応してしまった。

「うそでしょう？　知らなかったわけ」

ソナが呆れた顔をする。ヒカリはうなずいた。とりつくろう、ということさえ忘れてしまうほどに驚いていた。初耳だった。ヒカリはバツイチということよりも、ロバートが他の女と結婚していたという事実に面食らった。言うなればそれは、嫉妬だった。

「オリビアっていうグリーンアイズの女性。系列校でやっぱり教師をしてるみたいで、今日事務室に来てたんだよ。わたしロバートに用事があったから、二人が話しているところに行っちゃってさ。そしたら、僕の元妻だっていうからさ」

ヒカリは、ソナの言葉がうまく頭に入ってこなかった。

「やだ、ヒカリ。大丈夫？」

ソナが心配そうな顔をする。ヒカリは自分でもびっくりするくらい動揺していた。

「なんかさ、こんなこと言いたくないけど、ロバートってどうなの？　あまりいい噂聞かないよ」

ソナがそのまま、耳をふさぎたくなるような情報を教えてくれそうだったので、ヒカリは「サンキュー」と言って、さえぎった。

「アイム、オーライよ。ありがとうソナ。大丈夫だから心配しないで」

ソナは困ったような顔をした。その顔を見て、ヒカリははじめて目の前にいるフラットメイトに好感を持った。いい娘だったんだ、と今さらながらに気付いたのだった。


「バツイチだったんだってね」

ゆっくりと時間をかけて、穏やかに聞こうと決めていたのに、ロバートの顔を見たとたん、いきなりの切り口上になってしまった。ロバートは目を丸くした。

「あれ？　言ってなかったっけ」

ロバートは眉をあげて首をすくめた。そのいかにも外国人然としたリアクションが鼻についた。

「ぜんぜん知らなかった。なんで言ってくれなかったわけ？」

　こんな言い方すべきではない、と頭のなかでは思いながら、口だけがどんどん駆けていった。

「おいおい、ちょっと待ってよヒカリ。言ってなかったのなら謝るよ。でも、離婚歴があるってことが、なにか問題なの？　離婚しているのを知ってたら、ヒカリはぼくのことを好きにならなかったの？」

　ロバートのさみしそうな顔。ヒカリは瞬時に一転、反省する。自分はなんて狭量な女なんだと。

「ごめんなさい、ロバート。ただのやきもちなの。ロバートが離婚してるのが嫌なんじゃなくて、結婚していたっていう事実がつらかったの。ごめんね、ロバート」

　なぜにどうして英語だと、こうも素直に自分の気持ちを赤裸々に言えるのだろうと、ヒカリは不思議に思う。日本にいる友達が今の場面を見たら、間違いなく卒倒するだろう。

「おお、ヒカリ、ぼくのいとしい人、マイスイートハニー」

　ロバートが眉を下げた顔で、両手を広げた。ヒカリはロバートの大きな腕に飛び込み、もうっすっごく好きなんだからあー、と日本語でロバートの分厚い胸を叩いたのだった。

　千鶴さん夫婦に誘われて、スキー場に行った。高校の修学旅行がまさかのスキーだったので、それ以来だ。スノーボードははじめてだったけれど、千鶴さんもニックもプロ並みで、ヒカリに丁寧に指導してくれたおかげで、その日だけでかなり滑れるようになった。もともと運動神経はいいほうだ。

ニックはなにかにつけて、千鶴さんを気遣っているように見えた。気遣うというよりも、いとしくてたまらないといった感じだ。ニックが千鶴さんを見る目は、とろんとろんだったし、千鶴さんもそれに応えているように思えた。お似合いすぎる二人だった。

翌月はロバートと二人でスキー場へ行った。雪質がとてもいいので、うまく滑れたような気がした。

冬の太陽が、白銀に反射してきらきらと魔法のように光る。虹色のサングラスをして、颯《さっ》爽《そう》と雪のなかを滑りぬけるロバートは、言うまでもなくかっこよかった。ヒカリはもちろん惚れ直した。

「スノーボード二回目だなんて信じられないな。すごい上達だ。さすがはぼくのヒカリだ」

ロバートは雪焼けで赤くなった鼻をこすりながら、ヒカリの頬をなでた。休憩のレストハウスで、温かいコーヒーが美味しかった。

「ロバート？」

背後から声をかけられて、ヒカリもロバートと一緒に振り向いた。金髪男子のナイスガイが立っていた。

「やっぱりロバートだ。こんなところで会うなんて、偶然だね」

ロバートは「ジョシュア……」と、つぶやいたきり押し黙った。はじめて見る表情だった。

「ハイ！」

ジョシュアとおぼしきナイスガイが、隣にいるヒカリに声をかけてきた。

「ハイ」

ヒカリも返した。

「こちらのアジア系の女性はチャイニーズ？」

ナイスガイの口調に、ちょっとひっかかるものを感じた。ヒカリは、そのひっかかりの原因を探るように、穏やかに「日本人です」と答えた。

「へえ」

ジョシュアは眉を持ちあげてそう言い、ヒカリを上から下までぶしつけに眺めた。ジョシュアの手は、ロバートの肩に載せられている。

「ロバートの彼女？」

歌うようにジョシュアに言われ、ロバートは、

「関係ないだろ」

と顔をそむけて答えた。ヒカリはびっくりした。そんな言い方をするような人ではない。少し緊張してジョシュアのほうを見ると、ジョシュアは今にも泣き出しそうな顔をしていた。

もしかして、この人……。

「ロバートは雑食だからな」

ジョシュアが苦しまぎれにつぶやいたとたん、ロバートが「行けよ！」と、ちょっと大きな声を出した。隣に座っていた小学生くらいの女の子がこちらを見た。

「バイ」

無理やりの笑顔を口元に貼り付けてジョシュアは去っていった。

ヒカリは、ロバートになんと声をかけていいのかわからなかったけれど、ロバートが「気分悪くさせてごめん」とヒカリに謝ってきたので、「友達？」と聞いてみた。本当は「元恋人？」と聞きたかったけど、そこまでの勇気はなかった。

ロバートは「昔の友達さ」と言ってうすく笑った。

「ヒカリがそれを肯定できるかどうかよ」

クリスマスパーティに呼ばれた千鶴さんの家で、千鶴さんにそう言われた。バイセクシャルだったら、ロバートのことを嫌いになるの？　と。わからない、とヒカリは答えた。性に

三根梓
文学少女じゃ
いけない？
幻冬舎文庫の春まつり
最新刊

美女と魔物のバッティングセンター

木下半太

自殺するくらいなら、復讐しようよ。

自分のことを「吾輩」と呼ぶ〝無欲で律義な吸血鬼〟と、〝冷徹な美女〟の復讐屋コンビが、悩める人間たちの依頼に命がけで応える。笑って泣けて、意外な結末に驚かされる！　サスペンスフルな極上のエンターテインメント。

630円

祈る時はいつもひとり（上・中・下）

白川道

男の誇り高き矜持を描き切った感動巨編！

友と夢を失った男が、愛する女のために立ち上がる。進む道には魑魅魍魎。敵と味方さえ判然とせぬ修羅の道に出口はあるか？　金と欲にまみれた狂乱の中で男が信じた友情と純愛を描く傑作長編！

各680円

君が降る日

島本理生

少しずつ忘れていくことをあなたは許してくれますか？

恋人を交通事故で亡くした志保。その車を運転していた彼の親友・五十嵐。同じ哀しみを抱える者同士、互いに惹かれ合っていく二人だったが……「君が降る日」他２編収録。恋の始まりと別れの予感を描いた恋愛小説。

560円

週末、森で

益田ミリ

働く女性共感度１２０％!!

森の近くで暮らす翻訳家の早川さんの元を、週末ごとに訪ねてくる経理部ひとすじ14年のマユミちゃんと旅行代理店勤務のせっちゃん。仲良し3人組がてくてく森を歩く。ベストセラー「すーちゃん」シリーズ姉妹編の四コマ漫画。

520円

いらつく二人

三谷幸喜
清水ミチコ

縦横無尽で痛快無比な、会話のバトル！

息が合うのか合わぬのか、よくわからない二人のスリリングな会話は、文字にするとさらに面白い！　映画や舞台、歴史などの話から、旅や占い、プライベートな話題まで、

630円

対する偏見は持っていなかったけれど、元カレらしいジョシュアと遭遇した今は、妄想が膨らむばかりだった。ヒカリをにらんだジョシュアの目は強い憎しみを湛《たた》えていた。

「ヒカリはいつまでこちらにいるつもり？」

突然の千鶴さんの質問に、ヒカリは多少うろたえた。少なくとも新学年がはじまる前の三月までは滞在する予定だった。

「結婚しないの？」

千鶴さんがからかい半分に問う。ヒカリはもごもごと口ごもる。結婚なんて、まだ早いのはわかっていたけれど、このままニュージーランドで生活を続けて、時機がきたらロバートと結婚、という未来を一瞬たりとも思い描かなかったといったらうそになる。夢を見るような心地で、異国で一生を終える自分を妄想することは何度もあった。

ヒカリの就職先の第一希望は旅行関連の企業だった。世界中を、この広い地球を、自分の足で踏んでみたかった。

ロバートについてのよくない噂が頻繁に耳に入ってきたのは、新年になってからだった。なかでも多かったのは、「タナカ」で働く同僚たちの目撃証言だ。

女と一緒に食事をしに来てキスをしていた。その女はニュージーランド人のときもあったし、東洋人のときもあった。どう考えてもただの友達という雰囲気ではなかった。街中でも同じような光景を何度も見かけた。

ヒカリは真剣に取り合わなかった。甘いクリスマスとお正月を過ごしたばかりだったし、自分の感情はただのやきもちだと知っていた。それでも気が高ぶるときは、自らを肯定し、落ち着けるために、大橋のことをむりやり思い出したりした。大橋に比べたら、ロバートなんて神の領域じゃん、と。ロバートは、週末は必ずヒカリのために空けてくれた。

ところが。

破局の兆しは、案外簡単に訪れた。それは、ソナがキムチを振る舞ってくれた二回目の夜のことだった。

「ロバートとはうまくいってるの？」

ソナがいきなりの強い口調で聞いてきた。

「まあね」

ヒカリは答えた。その瞬間、ソナはおおげさに頭を振った。

「ったく！　サイテー！　ロバートって最低最悪の男よ！」

そう叫んで、テーブルをばんっと叩いたのだった。ヒカリはきょとんとする。目の前に仁王立ちしている韓国人のフラットメイトを眺めながら。

「なに急に。一体どうしたっていうのよ、ソナ」

言い終わらないうちに、ソナがまくしたてた。

「どうもこうもないわよ！　ヒカリ、あなた騙されてるのよ！」

ヒカリはソナのくっきりとした二重まぶたを見つめ、整形かあと思う。

「ロバートはね！　わたしの親友と付き合ってるの！　あなたと二股《ふたまた》かけてるのよ！」

顔を真っ赤にして怒るソナの鼻筋に目をやる。これも整形なんだよなあ。

「しかもね！　その親友と付き合う前には、このわたしにまで言い寄ってきたのよ。ヒカリと同じ家に住んでいる、このわたしにまで！」

ヒカリは、ぼうっとしている。

「目を覚まして、ヒカリ！　あんな男のどこがいいの！　わたしの親友にもさんざん忠告したけどダメだった。わたしのまわりは、恋を見極められない女ばかりだわ！」

恋を見極められない女というのは、あたしのことかとヒカリは思い、なぜか少しだけ笑ってしまった。

「笑ってる場合じゃないわよ！　あなた、それでもいいの？　わざわざロバートのために日本から来たんでしょ！　遊ばれてるのよ」

ヒカリは、しずかに席を立って自分の部屋に戻っていった。ドアを閉める直前に、ソナの、

「ああ、わたしったらなんてことを……。気が動転して……。ごめんなさい、ヒカリ」

という悲痛そうな声と、悲しそうなため息が聞こえた。

自分の部屋に入ってベッドに腰かけ、ヒカリは指を折って数えてみる。今日は二月四日。ニュージーランドに来てちょうど十ヶ月だ。

「ロバートよ。そうだったのか、ロバートよ」

ヒカリは大きくクリアな日本語で言ってみた。気持ちは比較的穏やかだった。

「そうか。君はただの軟派野郎だったのか、ロバートよ。ただのエロだったのか、ロバートよ。やっぱり噂は本当だったのだな、ロバートよ」

ヒカリは、おそらく今頃誰かさんとどこかをほっつき歩いているロバートに向かって、朗々と言った。そして、一気に脱力した。自分が今ここにいる存在意義を、疑問に思いはじめたのだった。


「ソナから聞いたよ。ロバート、韓国人の女の子と付き合ってるんだってね」

ロバートはうろたえなかった。

「ステディじゃないよ」

と、さわやかに笑った。

「あたしのこと、恋人だと思ってる？」

ヒカリが言うと、もちろんさ、と返ってくる。マイスイートハニー、と付けるのを忘れずに。

「ぼくが夕飯を作ってる間にシャワーでも浴びておいで、疲れてるんだよハニー。少し休むといいよ」

ロバートがぴかぴかの笑顔で言う。ヒカリはそのとおりにした。シャワーを浴びて、ロバートのベッドで横になって、少し眠った。

「ヒカリ、できたよ」

ロバートがこんがり焼いたラム肉と茹でた野菜をベッドに運んでくる。

「さあ、食べて」

ヒカリはなにも考えずにベッドの上で、それらを咀嚼《そしゃく》して飲み込んだ。ロバートがその様子をうれしそうに眺めているのが、目の端に入った。

「え⁉」

ヒカリは頓狂《とんきょう》な声を出す。今、ロバートの顔が牛に見えたのだった。しかも、非常に愚鈍そうな牛だ。

「牛かよっ！」

と、ヒカリは日本語で自分に突っ込んだ。ロバートは豆鉄砲を食らった鳩の顔で「ホワット？」と聞いてくる。人面魚ならぬ、鳩面牛だ。

「つつーか、そもそもなんで夕食をベッドの上で食べなくちゃいけないわけよ？　こんなサービス、うれしくもなんともないっつーの。食事はダイニングテーブルでするもんだろうが。不衛生きわまりないっつーの」

ヒカリはベッドの上でラム肉をにらみながら、日本語でまくしたてた。

「ホワット？」

見当違いの自信家で、安っぽいやさしさをそこらじゅうにばらまいて、独りよがりな恋愛に陶酔している、図体ばかりでかい、鈍重なロバート牛を見ていたら、「ドナドナ」の曲が頭のなかで流れはじめた。そのものがなしいメロディは、ハエ取り紙のように、ヒカリのなかにうずまいている感情をからめ取って膨大にふくれあがり、目の前に、ぽわんと巨大なシャボンになって現われた。

びっくりしていると、その巨大シャボンはあっけなくはじけて、びしゃん、と激しいしぶきをヒカリの頬に飛ばした。夢から覚めた瞬間だった。

夢から覚めたら、ロバートはただの外国人だった。恋というのは人を狂わせる、とヒカリは今さらながらに思った。ロバートは、誤解だと訴え続けた。ヒカリは、ロバートの肩を、

ばんばんっとおざなりに叩き、

「誤解とか、もうそういうレベルじゃないの。恋は消えたんだよ。ジ・エンド」

と言い放った。元来の自分に戻ったヒカリは、ずいぶんとさっぱりしていた。豹変《ひょうへん》していたこれまでの自分がそらおそろしかった。

ヒカリは日本料理店を辞めた。千鶴さんには理由を話した。恋が終わったことを。

「自分で正解を見つけてえらいわ」

千鶴さんはそう言った。そして、

「わたしも近々離婚する予定」

とウインクをした。ヒカリはとても驚いたけれど、詳しくは聞かなかった。みんないろんな事情があるのだ。

「これからどうするの？」

「トレッキングに行きます。自分を鍛え直してから日本に帰ります」

ヒカリがそう言うと、千鶴さんはにっこりと笑った。ヒカリは千鶴さんに日本の連絡先を教えて別れた。

「わたしのせい？」

ヒカリが荷物をまとめる隣で、ソナが言う。

「ソナには感謝している。まやかしに気づかせてくれてありがとう、心から」

ソナは涙ぐんでいた。「ヒカリと別れるのさみしいわ」と言った。

「また会えたらいいね」

「うん」

「ねえ、ヒカリ。一つだけ」

「なあに？」

「あなた、二重まぶたにしたらすっごく人気出るわよ」

「考えとく」

ヒカリは笑って答えた。

トレッキングは最高だった。自分を見つめ直すいい機会だった。ヒカリは時間とお金が許す限り歩いた。山でたくさんの人々に出会った。ロバートとの恋愛は、これまでの短い人生においていい経験だった。苦しい思いもしたけれど、トレッキングで自然と触れ合ったことで、つきものが落ちたようにすっきりした。自分はまだまだこれからだと思えた。

広大な自然が、ちっぽけな自分を圧倒してくれた。地球というのはすごい星だと思った。この星に生まれたことを感謝した。そして恩返しをしたいと心から思った。贅沢《ぜいたく》な時間だった。

ヒカリはひと回り大きくなって帰国した。

と、自分で思っている。


よれたリクルートスーツを着て、玄関の扉を力なく開けたヒカリに、

「どうだった？」

とは、もはや家族の誰も聞かない。ヒカリの顔には疲労感だけがただよっていた。

ああ、なんで留年なんてしたんだろうな、とこれまで何度も思ったことを、ヒカリはまた思う。ばかだばかだ、大ばかものだ。就職に絶対的に不利なのはわかっていたのに、へなちょこロバートごときに貴重な一年間を費やしてしまったとは。

第一希望の旅行関連は全滅だった。

「おう、おかえり。あ、その顔はまたダメだったみたいだな、はっは」

二階の自室に行こうとしたところを、兄貴にめざとく見つかった。部屋の扉くらい閉めとけっつーんだよ。

「こんにちは」

どうやら兄貴の友達が来ているらしかった。ヒカリは兄貴にワンパンチをお見舞いしようとした握りこぶしを背後に隠し、軽く会釈した。

「おい、ヒカリ。こいつ今日、タンザニアから戻ってきたんだぜ。すげえだろ」

「タンザニア？」

思わずヒカリは立ち止まった。

「青年海外協力隊だとさ。水資源開発だって。もの好きだよなあ。こいつはさ、建設科だったんだよな、俺は機械科だったけどね。そんで卒業後は設備会社に就職したと思ってたら、いつの間にかタンザニアなんていう、はるか遠い国で働いてんだからなあ。笑っちゃうよ。でもさ、あんなヘボ高校で勉強したことも案外人の役に立つんだなあ」

兄貴の説明に、高校時代の友人だったという、真っ黒に日に焼けた人のよさそうな人物は、照れたように頭をかいている。ヒカリの胸に、小さいけれど強い光を放つ火が灯《とも》った。

「詳しくお話、聞かせてください！」

ヒカリは勢い込んでそう言った。普段は絶対に兄貴の部屋に入ろうとしない妹が、正座をして、いつの間にか兄の横に座っている。兄貴がきょとんとして、ヒカリを見る。

あきらめるのは、まだ早い。未来の可能性は自分次第だ。ヒカリは、自分に言い聞かせる。人生に無駄なことなど、一つもないはずだと。

ドンマイ麻衣子

オードリー・ヘプバーン扮するアン王女が記者の質問に、「ローマ！」と答え、そこからラストまでの感動シーンに準備万端だった麻衣子を、携帯電話のバイブ音が邪魔をした。

メール着信あり。なんとなく嫌な予感を覚えながら携帯に目をやる。受信名、ルキアちゃんママ。やっぱり、と思い、暗澹《あんたん》たる気持ちでメールを開く。

──こんばんは。明日どうしますか？　ルキアも亮太くんに会いたいって言ってるよ。絶対来てほしいな。お返事待ってます──

「はあーっ」

大きなため息をついて、麻衣子はばたっとソファーに倒れ込んだ。

「どうかした？」

夫がゲームをしていたパソコンから顔を上げ、麻衣子のほうを見る。麻衣子はさらに大きなため息をつく。

「例のママ友？」

おもしろ半分に聞いてくる夫が憎らしい。

「あ、そうだ。パパ、明日休みでしょ？　どうせヒマなんだからパパが行けばいいじゃない。わたしはやらなくちゃいけない家のことがいっぱいあるんだからさ」

夫が「なんのこと？」と、エサ待ちの鯉《こい》みたいな顔で聞く。

「明日のランチ。ルキアちゃんとぴゅあちゃんと、ルキアちゃんママとぴゅあちゃんママで行く予定なの」

「ばっ、そ、そんなのに俺が行けるわけないだろっ」

夫が慌てた様子で顔をしかめる。

「子どもたちをご飯に連れていくってだけなんだから、保護者はパパでもママでもいいのよ」

無理無理、と軽く手を振って、夫はパソコンに視線を戻す。それから「そんなに嫌なら行かなければいいじゃん」とぼそりとつぶやく。

「そういうわけにはいかないから困ってるんじゃん！」

麻衣子は他人事のように呑気に言う夫に、亮太の「きかんしゃトーマス」のクッションを投げつけた。夫はたのしそうにトーマスをキャッチして、眉をあげておどけてから風呂場へ退散してしまった。

テレビ画面に視線を移すと、肝心な場面はとうに終わり、クレジットがたんたんと流れていた。場面を戻してまで観る気にはなれず、停止ボタンを押してＤＶＤを取り出した。

「オードリーどころじゃなくなっちゃった……」

金曜の夜は、好きな洋画を観ると決めている。亮太が寝てからの、つかの間の自由時間。でも今日はもうダメ。とんだ邪魔が入ってしまった。「ローマの休日」の気分は、はるか彼方へ行ってしまった。

身体が少しだるい。眠気が襲ってくる。麻衣子は、正社員じゃないとはいえ、駅ビルの雑貨店で毎日六時間働いている。専業主婦は憧れだけど、夫の給料だけでは心もとない。いつかは賃貸マンションではなく、一軒家を購入したいと考えている。

麻衣子は、亮太の寝ている寝室にそっと入り、わが子の天使のような寝顔を眺めて、気持ちを落ち着けた。

リビングに戻ったところで、メールのバイブ音。嫌な予感パート2。

――こんばんは。明日のランチに興奮して、なかなか寝付けなかったぴゅあだけど、今ようやく寝ました。子どもが寝たあとの時間だけがママにとっての至福のひとときだよね。ところで明日はどうですか？　ぴゅあも亮太くんに会えるのをたのしみにしてるから、ぜひ来てね——

麻衣子はがくっと肩を落とす。先制ダブルパンチ。こんなことならもっと早い時間に、こっちからちゃんと断っておくんだった。ギリギリまで待って、体調が悪くなったことを理由に断ろうと思っていたのが失敗だった。

麻衣子は、断りのメールを入れた場合のあらゆる場面を想定する。面倒なことになるのは必至だった。といって、のこのこ出かけていくのはどうだろう。麻衣子は、参加した場合のあらゆる場面での神経の消耗度を想像する。

行っても行かなくても、麻衣子にとってはどちらもマイナス案件だった。不毛度、めんどくさい度、気を遣い度、不快度、いやいや度、どれをとっても、どっこいどっこいだった。ただ一点だけ、良心の呵責《かしやく》という点だけをとってみれば、僅差《きんさ》で「参加したほうがマシかも」という情けない結論だった。麻衣子は大きくため息をつく。それから、自らを奮い立たせて、ルキアちゃんママとぴゅあちゃんママに返信メールを打った。彼女たちが勝手な憶測をしないよう、CCとした。

——こんばんは。お返事遅くなってごめんなさい。明日はもちろん参加します。たのしみにしてます。おやすみなさい——

麻衣子はメールを打ちながら、わたしって一体なんなんだろう、と自己嫌悪に陥った。二人からはすぐさま返信が届いた。

――よかった！　うれしいです。明日たのしみにしています――

二人とも、ほとんど同じ内容のメールだった。


朝から元気すぎる亮太の脇の下に、無理やり体温計を突っ込んで熱を測る。三十六度一分。平熱以外のなにものでもない。麻衣子は、母親にはあるまじき行為で、思わず落胆する。

「どこか痛いところない？」

麻衣子がやさしくたずねると、亮太は、「どっこもいたくなーい！」と言い、

「げんきげんきげんきなこどもは、こかんがテッポウユリ！」

と、妙なアクションをつけて叫んだ。麻衣子はこめかみを押さえて、怒鳴りたいのをなんとか我慢し、

「そういうこと言うの、絶対やめてね。かっこわるいよ」

と穏やかに諭し、こんなくだらないことを教えたであろう夫をにらんだ。夫は新聞を読むふりをしている。

「今日、ルキアちゃんとぴゅあちゃんと、お昼ご飯食べに行こうと思うんだけど、亮ちゃん

は行きたい？　女の子ばっかりだから行きたくないかな」

最後の悪あがきで、麻衣子は問う。

「ぼく、いきたい！　ルキアちゃんとぴゅあちゃん、すきだもん」

そう言って、またさっきの妙なアクションをした。妙なアクションというのは、股間《こかん》を前に突き出して、それにさらに両手をつけて「シュッ！」と言う低俗すぎるアクションだ。

「ねえ、亮ちゃん。それやめてってさっき言ったよね？　そういうことするなら、今日は連れていかないから」

亮太が一気にしゅんとする。きつく言いすぎたかなと思い、その反省は、夫への怒りへとすり替わる。

「パパ、本当にいいかげんにしてよ。そういうくだらないこと、亮太に教えないでって何度も言ってるでしょ。恥ずかしい思いするのはわたしなんだからね」

麻衣子が言うと、夫はさして反省する様子もなく、ごめんごめん、とニヤついた。

「おばか、ゲイリー」

麻衣子が悔し紛れにつぶやくと、亮太がうれしそうに「ゲイリー、ゲイリー」と歌うように言い出した。自分のあだ名であるゲイリーという言葉を、息子の亮太が口にするのを、夫はひどく嫌っている。ふん、自業自得だ。

麻衣子は、今日これからの気の重いランチタイムのもやもやを払拭すべく、約束の時間までに布団干しと掃除機がけとトイレ掃除をして、身体を適度に動かした。部屋はさっぱりしたけれど、残念なことに気持ちまでは晴れなかった。

十二時の約束。ファミリーレストラン。散歩がてら、歩いていくことにした。猛暑は過ぎ去り、秋の心地よい風が頬をなでる。麻衣子は初秋の青い空を見上げて深呼吸し、前向きに考えることにした。

そうよ。もしかしたら、案外たのしいランチになるかもしれない。だって、こんなに天気のいい土曜日だもの。みんなでたのしく美味しい食事ができるはず。

麻衣子はしっかとそう胸に刻み込み、亮太の小さい手を強く握った。

約束の時間を五分過ぎたけれど、まだ誰も来ていなかった。麻衣子と亮太は、席に着いてメニューを眺める。

「ぼく、これがいいな」

「どれどれ？」

「カレー。『アンパンマン』のはたがついてるやつ。ねえ、チョコレートのデザートもたのんでいい？」

「全部食べられたらね」

麻衣子が言うと、「ぼく、たべれるもん！」と、亮太が大きな声で叫んだ。

十五分を過ぎても誰も来ないので、麻衣子はメールを入れた。もちろんCCで。

――なかに入って席に着いてます――

即座に二人同時に返信が来た。

――ごめんね、すぐに行きます――

また二人とも同じような内容だ。麻衣子の胸に嫌な予感がうずまく。

もしかしてこの二人！　とっくに駐車場に着いてたんじゃないの？　先に入って、わたしがいなかった場合、気まずくなるのが嫌だから、わたしからの連絡を待ってたんじゃないの？

そう考えた矢先、ぴゅあちゃんとぴゅあちゃんママが来た。

「ごめんねー！　待ったよねえ。ごめんね。亮ちゃんたちが来るの、車のなかで待ってたんだよ。まさか先に席に着いてるなんて思わなくって。もしかして歩きで来た？」

そう聞かれて、麻衣子は「うん、歩き」と答えた。そうこうしているうちに、ルキアちゃんとルキアちゃんママも来た。

「ごめんねえ！　待ったよね。もう少し前に着いてたんだけど、亮ちゃんちの車が見当たらなかったから。もしかして歩き？」

麻衣子は、再度「うん、歩き」と答えた。顔がひきつっていたかもしれない。

麻衣子はしばし目をつぶり、ガラス窓の向こうを吹き抜ける、秋のさわやかな風に向かって文句を言いたくなる。ぬか喜びだったじゃないのさ、と。


そもそも、と麻衣子は思う。仲がよかったのは、そもそもあなたたちじゃないのと。年少クラスいちご組で、いつだって二人一緒で、子ども同士も仲よしで、騒がしくかわいらしいママさん二人組。

麻衣子はひょんなことから、二人と話をするようになった。半年ほど前、郊外の複合施設のなかにある、子ども服が安価な値段で売られている洋品店で、ルキアちゃんが迷子になっていたのだった。おろおろと今にも泣き出しそうなルキアちゃんを、同じクラスの亮太が目ざとく見つけ、迷子の放送が入る前にママを見つけ出すことができた。

あの日も、ぴゅあちゃんとぴゅあちゃんママが一緒だった。子ども連れでそろって買い物に来ていたらしかった。そのあと誘われるがままお茶をすることになって、はじめてルキアちゃんママとぴゅあちゃんママと話したのだった。

麻衣子は、昔から友達を作るのが苦手だった。本当に心から信頼し合える友達以外はいらないと思っていた。だから亮太の保育園の送迎時も、あくまでポーカーフェイスを装った。ママ友はつくりたくなかった。一度足を踏み入れたら最後、抜け出すのが容易ではないことをわかっていたから。

中学生のような女同士の友人関係。そこにかわいいわが子が絡むとなると、それはもう、こんがらがったミシン糸以上の複雑さとなるのはあきらかだった。想像するだけでおそろしい。麻衣子は、深入りするのは極力避けたかった。知らなければ知らないで済むはずだった。けれど、優柔不断な麻衣子はいつの間にか、いちご組のなかでもかなり目立つ部類の、ルキアちゃんママとぴゅあちゃんママとつるむようになっていたのだった。ルキアちゃんママとぴゅあちゃんママは、保育園入園前から子どもたちが通う音楽教室が一緒で、仲がよかった。

麻衣子は二人のおこぼれのような存在だったから、彼女たちの仲に対して、無駄な嫉妬心やうらやましさはなく、深い話もしない代わりに相談事を持ちかけられることもなかった。麻衣子にとっては案外居心地のいいポジションだった。

べつにいなくてもいいと思っていたママ友だったけど、できたらできたで、いろんな情報を逐一教えてくれるし、子どもの健康、教育についてなど、はじめて聞くような話もけっこうあり、麻衣子は、ああ、もっと早くからママ友になっていればよかったなどと、ゲンキンにも思った。ルキアちゃんママもぴゅあちゃんママも話していてたのしい人たちだったし、年齢も麻衣子と近かった。

ところがだ。

ルキアちゃんママとぴゅあちゃんママの仲に、暗雲が垂れこめてきたのだった。発端は、音楽教室での発表会のことらしかった。発表会のはじまりの挨拶代表に、ぴゅあちゃんが選ばれたのだった。

ルキアちゃんママは納得した。ぴゅあちゃんはしっかりしているし、誕生月もルキアは十二月だけど、ぴゅあちゃんは四月だし、歌も上手だし、大きな声で人前でも物怖《ものお》じしないで話せるし、と。自分もかわいがっているぴゅあちゃんが代表に選ばれて、わたしも鼻が高いしうれしい、と言っていた。

だから問題は、ぴゅあちゃんが代表に選ばれたことではなかった。代表に選ばれるまでの過程だった。

ぴゅあちゃんママは、他の生徒のママと結託して先生を食事に招待し、我が子が代表に選ばれるべく猛アピールをしたらしかった。ちなみに、ぴゅあちゃんは開会の挨拶で、一緒に先生を食事に誘ったというママの子どもが、閉会の挨拶だそうだ。

ルキアちゃんママは、その談合に自分を誘ってくれなかったことに腹を立てているのだった。

『これまでこんなに仲よくしていたのに、どうしてわたしに内緒にしたの？』

というのが、ルキアちゃんママの言い分で、

『もう一人のママ友が、誰にも言うなって言うから言えなかった』

というのが、ぴゅあちゃんママの言い分だ。ルキアちゃんママに言わせると、競争率が高くなるから言わなかったに違いない、となるし、ぴゅあちゃんママに言わせると、自分に言うと、どうしてなんでもかんでも、ルキアちゃんママに言わなくちゃいけないわけ？　となる。

麻衣子はその件について、ルキアちゃんママとぴゅあちゃんママのそれぞれから相談を受けた。なんとも返答のしようがなくて、はあ、うん、そっか、を順番に連呼していただけだ。

麻衣子は生まれてこのかた、三十年間の人生のなかで、はじめてこのようなややこしい問題に直面しているのだった。元来麻衣子という人間は、人との争いを好まない。というか、かような女の子特有の機微におそろしく欠けていた。

小学生の頃はおとなしいだけの女の子で、学校を休んでも休まなくても、クラスの誰一人として影響を受ける生徒はおらず、昨日休んだことすらもみんなの記憶から忘れ去られているような女の子だった。

中学校生活においてもだいたい似たり寄ったりだったけれど、二年生のときに、ちょっとしたいじめにあった。リーダー的存在の女の子の話に、もっともらしく相槌を打たなかったというのが理由だ。

が、麻衣子自身、常にぼうっとしているタイプで、特定の仲のよい友達もいなかったこともあって、いじめられている意識はなかったのだったが、オカザキという、クラス内で男女問わずに嫌われている女子から声をかけられたことによって、自分がいじめを受けているという事実にはたと気が付いた。オカザキは麻衣子に「これから一緒に登下校しない？」と、持ちかけた。

麻衣子は、オカザキとはこれまで口すら利いたこともなかったから、麻衣子は心底驚いた。に燃えているオカザキとは友達になりたくなかった。

クラスメイトのオカザキに対するいじめはあからさまだったけれど、麻衣子に対するいじめについては、ぴんとこないものばかりだった。要は「話しかけられる」及び「誘われる」ことがなくなっただけのことだった。はじめから友達は少ないほうだったから、このいじめは麻衣子にほとんど影響を与えなかった。

そういえばあの頃から、古い洋画を好きになったんだよね、と麻衣子は感慨交じりに思う。深夜にテレビ放映されていた「風と共に去りぬ」。あれでハマったのだった。わたしって今、いじめにあってるんだ、って思いながら観はじめて、映画が終わる頃にはもうそんなことどうでもよくなっていた。

麻衣子に対するいじめは、ほどなく終息した。いじめ甲斐がなかったのだろうと自ら推測した。

高校時代は、親友と呼べる愛とまりあに出会って、たのしい三年間を過ごせた。就職してからも、同僚たちとはあたりさわりなくなだらかに過ごしてきた。今、働いている雑貨店は店長一人だけだったし、その店長は親類のおねえちゃんだから、人間関係にはなんの問題もなかった。

だから。

こんなふうに、自分と直接関係のないママ友同士のいさかいに、まさか自分が巻き込まれるなんて思ってもみなかった。

「亮ちゃんママ、大丈夫？　ぼうっとしちゃって」

ルキアちゃんママが、麻衣子の目の前で手をひらひらさせて言う。

「あ、ああ、うん、大丈夫。ごめんごめん」

麻衣子は、はは、と笑ってみせた。麻衣子は、ルキアちゃんママとぴゅあちゃんママを、こっそりと観察する。二人とも隣にいる子どもに夢中なふりをして、お互いに目を合わせようとしなかった。

「なに頼もうか」

麻衣子が言ったところで、ようやくルキアちゃんママとぴゅあちゃんママが顔をあげた。麻衣子はひそかにため息をつく。たったこれだけの気遣いをしただけで、十歳は年をとった気分だ。

注文したものがそろい、子どもたちに食べさせてからが本当の山場だった。このファミレスには、子どもが遊ぶキッズルームが併設されていて、ＤＶＤを観ることもできるし、絵本もたくさんあって、男の子のおもちゃも女の子のおもちゃも数多くそろっている。

「りょうちゃん、ルキアちゃん、あっちにあそびにいこう！」

ぴゅあちゃんが、元気よく二人をキッズルームに誘った。麻衣子たちは、とりあえずいったんついていって、「みんなで仲よく遊ぶのよ」と、子どもたちに言い聞かせてから席に戻った。

いつもだったら、ここからがママたちが盛り上がるたのしい時間なのだが、今日は違った。麻衣子は、ルキアちゃんママとぴゅあちゃんママからの、さりげなく熱い視線をひしひしと感じていた。

そう。麻衣子はひそかに期待されているのだった、ルキアちゃんママとぴゅあちゃんママの互いの誤解を解いて円滑に仲直りさせ、以前のような最高のママ友に戻ることを。

今日のランチは、発表会挨拶事件が発覚する前から決めてあった。毎週土曜日は、例の音楽教室があり、そのために麻衣子を交えてのランチがなかなか実現しなかったのだったけれど、今日の音楽教室はお休みらしかった。なぜお休みかというと、発表会の準備のためらしかった。発表会は来週の秋分の日だ。考えたくはないが、もちろんその発表会にも麻衣子と亮太は呼ばれている。

ああ、こんな大役とても無理。今すぐ逃げたい。麻衣子はそう思っている。そう思っているけれど、なにもしゃべろうとしない二人とこのままテーブルを挟んで向かい合っていても埒《らち》があかなかった。携帯電話の時刻を見ると、子どもたちがキッズルームに入ってから、まだ三分しか経っていない。

三分⁉　すっかり小一時間は経った気がしてた……。

麻衣子は気を取り直して、

「気持ちのいい天気だね」

と、無難な天気の話をしはじめた。ルキアちゃんママとぴゅあちゃんママは、パッと顔をあげて、

「本当に気持ちいいよね」

「今月末は運動会もあるよね」

と乗ってくれた。運動会の話題になったので、その流れで当日持っていくであろうお弁当について少し話した。麻衣子は料理好きなので、はりきってつくる旨を語った。いや、本当は語りたくなかったけれど、話題に飢えている二人が食いついてきたので、仕方なく話を広げたのだった。

キャラ弁や、電子レンジを使っての簡単なレシピをいくつか紹介すると、もうすでに話すことはなかった。ルキアちゃんママもぴゅあちゃんママも、もっともらしくうなずいてはいるものの、内心では「早く本題に入って」という思いでいっぱいだろうことは、鈍感な麻衣子にもびしびしと伝わってきた。

「あっ、そういえば」

麻衣子がしらじらしく言うと、二人のママの肩がかすかにびくんと持ちあがり、瞳孔がひらいたような気がした。

「発表会、もうすぐだね」

麻衣子が言うと、そうだねー、とルキアちゃんママが即座に笑顔を貼り付けて言う。

「ルキアの初舞台だから、たのしみ」

ぴゅあちゃんママも、うなずいている。

「ぴゅあちゃんは、はじまりの挨拶もするんだよね。すごいね」

麻衣子はそう言ってみた。これは心から思ったことだった。が、ぴゅあちゃんママの顔が一瞬こわばった。

「う、うん。まあね」

あせったようにコーヒーに口をつける。そのとき、ルキアちゃんママの目が光ったのを、麻衣子は見逃さなかった。嫌な予感がする。

「ほんと、すごいわよ。はじまりの挨拶なんて、やりたくてもそうできるもんじゃないわよ。ぴゅあちゃんもすごいし、陰の努力を惜しまないママもえらいわ」

ああ、ああ、そう来たか……。麻衣子はもう自分の力が及ばないことを悟った。無理無理無理だわよう。この時点ですでに泣きたくなった。

「いや、わたしはただ、ほのかちゃんママに誘われただけだから。特になんにもしてないのよ」

ぴゅあちゃんママが、苦しまぎれの笑顔をつくる。

「でもさ、先生を食事に誘わなくても、ぴゅあちゃんが選ばれたと思う？　やっぱりママの裏でのそういうがんばりがあったから、ぴゅあちゃんが選ばれたんじゃないのかな」

ルキアちゃんママも笑顔で返す。麻衣子は、ひえーと思っていた。ひえー。

「うーん、それはわからないな。でも、先生を食事に誘ったくらいで、挨拶に選ばれたりするのかなあ」

「だって、実際そうじゃない。先生を食事に招待したママの子二人が選ばれてるんだからさ。はじまりの挨拶がぴゅあちゃんで、おわりの挨拶がほのかちゃんでしょ？」

「うん、まあね。そう言われればそうだけど、でもほのかちゃんって、ものすごいしっかり者でしょう。ぴゅあもなにかっていうと、自分自分っていうタイプだし。だから、たまたまなんじゃないかな」

「たまたまってことはないんじゃないの？　このことを他のママたちが知ったら大変だと思うわよ。それならわたしだって食事くらい誘ったわよ、って大問題になるんじゃないかしら」

「……他のママさんで知ってる人、いるの？」

「さあ、知らないわ。わたしはまだ誰にも言ってないけど」

「…………」

「…………」

　黙り込んだきり二人は視線を外している。ルキアちゃんママは窓の外を見ているし、ぴゅあちゃんママは、スプーンでコーヒーをぐるぐるとかき回している。

ものすごく険悪な雰囲気だ、ものすごく。

「でも、もう決まったことだから、ねっ」

麻衣子は阿呆のように笑ってみせた。ルキアちゃんママとぴゅあちゃんママは同時に麻衣子を見た。ほんの少しだけとがめるような視線で。

「ママー、たいへんだよ。ルキアちゃんが泣いちゃったよ」

亮太が、こっちに向かって走って来た。なんていいタイミングなんだろうと、麻衣子はわが子を抱きしめたくなる。

「どうしたの」

「ほかの子がきて、ルキアちゃんのおもちゃをとっちゃったの」

「あらあら」

ママたち三人はそれぞれに言って、席を立ってキッズルームに向かった。キッズルームにはもう他の子どもはおらず、ぴゅあちゃんが、泣いているルキアちゃんの頭をなでていた。

「やさしいね、ぴゅあちゃんは」

麻衣子が声をかけると、「ぴゅあちゃんだいすき」と、ルキアちゃんがぴたっと泣き止んで言った。ルキアちゃんの切り替えのはやさに、みんなで笑った。子どもたちの素直さは、いつだってとてもまぶしい。

ジュース飲みたい、と言う子どもたちと一緒に席に戻って、フリードリンクの飲み物を各親子で取りに行った。

「きょうは、まちにまったおんがくはっぴょうかいです。みんないっしょうけんめいれんしゅうしました。がんばりますので、わたしたちのれんしゅうのせいかを、たのしみにみていってください」

ぴゅあちゃんが、誇らしげに大きな声で言う。

「うわー、すごい上手ねえ」

麻衣子は心から感心して言った。亮太はこの半分も言えないだろう。

「ぴゅあちゃんは、うたも、おきょうしつで、いちばんじょうずなんだよ」

ルキアちゃんがうれしそうに言う。自慢の仲よしさんなのだ。子どもたちの純粋な心を見習って！　と麻衣子は心のなかで念じ、ルキアちゃんママとぴゅあちゃんママを盗み見る。二人とも、なんとなく反省しているように見えた。そりゃそうだ。三、四歳の子どもたちが、友達を思いやっているというのに、三十になる母親たちが些細なことでいがみ合っているんだから。

「発表会、たのしみだねー」

麻衣子がルキアちゃんとぴゅあちゃんに言うと、二人は声をそろえて、

「りょうちゃんといっしょに、みにきてね！」

と言った。亮太は「いくよ、いくよ」とニヤついている。

麻衣子は、できれば次は女の子が欲しかった。亮太はもちろんかわいい。乱暴でがさつなわりにものすごい甘えん坊で、いつまでも「抱っこしてえ」だし、ママのそばから離れないし、なによりも純朴だ。

でも、ルキアちゃんやぴゅあちゃんを見ていると、女の子のしっかりとした態度が妙にいじらしかった。女の子は生まれたときから、すでに女の子としてできあがっている。男の子はあやふやで、未完成のままだ。

麻衣子はその違いを、自分の手で感じたかった。本当は三人欲しいところだけど、経済的なことなども含め、子どもは二人と夫婦で決めていた。

ぴゅあちゃんが、ルキアちゃんと亮太をキッズルームに誘って、三人で仲よく手をつなぎながら歩いて行った。

「女の子って、かわいいね」

麻衣子が言うと、ルキアちゃんママとぴゅあちゃんママが声をそろえて、「生意気よお」と言った。二人は、思いがけず声がそろってしまったことを、少しだけうれしく、ほとんどの部分で失敗したと思ったらしく、困惑したような表情を浮かべていた。

「わたし、妊娠してるの」

だから麻衣子は、思い切ってそう言ってしまった。夫と両親以外には、まだ誰にも言っていないことを。

「えっ？」

二人はまたしても声をそろえた。今度は、声がそろったことはまるで気にならないようだった。

「本当に？」

ぴゅあちゃんママが言った。麻衣子がうなずくと「よかったね、おめでとう！」と、これまた二人は声をそろえた。

「何ヶ月？」

ルキアちゃんママに聞かれ、麻衣子は「三ヶ月」と答え、「九週目」と付け足した。

「つわりは？」

ぴゅあちゃんママが、眉を八の字にしてたずねる。

「亮太のときはひどかったけど、今回はぜんぜん平気みたい」

麻衣子が言うと、二人は再度喜びの声を麻衣子にかけて、それぞれの自分の妊娠時代のことについて話しはじめた。

「わたしは妊娠中、体重が二十キロも増えちゃって、先生にうんと怒られたわ。病院行くたびに怒られちゃって、絶対にケーキやアイスや甘いものは食べちゃいけないって、さんざん言われて……」

ぴゅあちゃんママが笑いながら言った。

「わたしは逆だった。つわりが最後まで続いたから、合計三キロしか体重増えなかったのよ。だから出産したら、前よりも体重が減ってたの。優等生でしょ？　わたしが通っていた病院はすごく厳しくて八キロ上限って感じだったから、みんながんばってたわよ」

背が高くスタイルのいいルキアちゃんママが言う。いつもだったらここで、ぽっちゃりタイプのぴゅあちゃんママが、うらやましい！　などと絶叫して、たのしい雰囲気になるはずだけど、今日は違った。ぴゅあちゃんママが、どうせわたしはデブですよ、とつぶやいたのだった。いつもの冗談だと思って、麻衣子は笑おうとしたけれど、ぴゅあちゃんママの今にも泣きそうな顔を見たら、言葉が出てこなかった。

「そんなこと誰も言ってないじゃない」

ルキアちゃんママが呆れたように言う。

「どうせわたしは、ダメな人間ですよ」

ぴゅあちゃんママが、言い出す。なんなの、この展開は。ようやくいい方向に話が流れたと思っていたのに！

「どうせわたしは、ほのかちゃんママに誘われたからって、黙ってホイホイついていくような友達甲斐のない人間ですよ。自分でもわかってるわよ、そのくらい。でも誰だって自分の子どもがかわいいじゃない。発表会で挨拶してくれたらうれしいじゃない。それがそんなにいけないことかしら」

涙声だった。麻衣子が凍り付いていたら、ルキアちゃんママが、おおげさなほど、大きなため息をついた。

「それに太っているし」

ぴゅあちゃんママが言った。

「いつもわたしをばかにして……」

震える声のなかに憎しみが交じっていた。麻衣子はもう、今すぐにでも席を立ちたかった。こんなところに一秒だっていたくない。

「ばかにしてるのは、そっちじゃない」

ルキアちゃんママが言う。陰でこそこそやっちゃってさ、と付け加えた。麻衣子の心臓は、かつてないほど大きな音を立て、胸元がどくどくと盛り上がるほどの勢いで早鐘を打った。

「……しつこいのよ」

ぴゅあちゃんママが、先ほどまでとは打って変わった低い声で言って、すっと顔をあげた。

麻衣子はぴゅあちゃんママの早変わりに、おそれおののいた。

「ルキアちゃんママって、いつまでもしつこいと思うわ。もう発表会の挨拶は決まったんだから、今さらとやかく言ったたって仕方ないじゃない」

ぴゅあちゃんママの言葉に、ルキアちゃんママの顔が見る間に赤くなった。

「わたしってしつこい？」

矛先を向けられたのは、麻衣子だった。

「ねえわたし、しつこいかしら？　フェアじゃないって言ってるだけなんだけど」

麻衣子はなにも言えなかった。冷や汗が出てきた。手のひらはじっとりと湿っている。

「ママー」

亮太だった。はからずも再度の救世主の登場に、麻衣子はへなへなと椅子からくずれ落ちそうになるほどほっとした。

「ママ、おしっこ」

亮太がズボンの前をおさえている。はやくう、と麻衣子の手を引っ張る。麻衣子は亮太を連れて、そのままトイレへと向かった。

亮太に用を足させながら、このおしっこが永遠に続いてくれたらいいのに、とばかみたいなことを思った。願いむなしく、亮太のホタルイカのようなかわいいおちんちんの先から最後のしずくがぽたりと落ちて、放尿は終了となった。

麻衣子がテーブルに戻ると、二人はお互いなにもなかったような顔で、新しいコーヒーを飲んでいた。席を外したことで、ほんの少しだけ落ち着きを取り戻した麻衣子は、「お待たせ」と言った。軽い笑顔で。

二人は、ちらと麻衣子の顔を見ただけだった。被害妄想かもしれないけれど、この女には絶望した、まるで頼りにならない、と糾弾しているような目つきだった。

「嫌な雰囲気にさせちゃって、ごめんね」

少しして、ルキアちゃんママが麻衣子に向かって言った。麻衣子は、ううん、と首を振る。笑おうと思ったけど、うまく笑えなかった。ぴゅあちゃんママはなにも言わない。

「こんなことで仲悪くなるのは嫌なんだけど……仕方ないわ」

ルキアちゃんママが続けて言う。ぴゅあちゃんママのこめかみがピクリと動いた。

「今日はもう帰りましょ」

そう言ってルキアちゃんママが席を立って、キッズルームに子どもたちを呼びに行った。

三人の子どもたちは仲よく手をつないで戻って来た。

「きょうは、まちにまったおんがくはっぴょうかいです。みんないっしょうけんめいれんしゅうしました。がんばりますので、わたしたちのれんしゅうのせいかを、たのしみにみていってください」

ぴゅあちゃんが、はきはきと言う。何度も練習したはずだ。何度も言いたいのだ。麻衣子の顔が思わずほころんだ。ルキアちゃんママも、微笑んでいる。子どもたちに罪はない。まだなんにもわかってない年端の子たちだ。

「じょうずー、ぴゅあちゃん」

ルキアちゃんが舌足らずな声で賛美を送る。亮太も加勢する。ぴゅあちゃんは生まれ月が早いせいか、本当にしっかりしている。ルキアちゃんはのほほんとした妹みたいだ。二人とも本当にかわいらしい。麻衣子はお腹に手をやり、女の子だったらいいなと思った。

「ママー、ねむくなっちゃったあ」

亮太が甘えた声を出して、麻衣子の膝の上に乗る。麻衣子は、亮太をぎゅうっと抱きしめて、日なたの匂いみたいな亮太の頭に軽くキスをした。

「ねえ、亮ちゃんは、ママのお腹のなかにいたときのこと覚えてる？」

絵本を読んであげたあと、麻衣子は布団に入った亮太にそっと聞いてみた。胎内記憶というやつだ。いつか聞いてみようと思いつつ、すっかり忘れていた。

「うん！　覚えてるよ！　こういうおっきいところにいたの！」

亮太が布団をはねのけて、両手を広げた。麻衣子は驚いた。

「どんな感じだったの？」

「ふわふわしてた」

「何色だった？」

「あか！」

「なにか食べた？」

「みかん！　おみせにいって、みかんたべたの」

みかん？　そういえば妊娠中、みかんばかりを食べていたけど。

「ねえ、亮ちゃんは、なんでお母さんのところに来てくれたの？」

「あのね、おとうさんがきてっていったから」

「お父さんとお母さんの声聞こえた？」

「あー、ってきこえたよ」

「どうやって出てきたの？」

「あっちに、ちいさいあながみえたの」

亮太はそう言って、人差し指と親指で小さな輪をつくった。

「こうやって、ぐるぐるまわりながらきたの」

亮太が布団の上でぐるぐる回る。

「それでね。でるときに、ばっちん！　って、かおにあたったよ」

ばっちん！　は相当の衝撃だったらしく、亮太は両手のひらで自分の目元を叩いた。

「うそみたい……」

麻衣子はすばらしく驚いていた。まさか本当に覚えているなんて！　しかもこんなにたくさん！　出てくるときのことなんて実にリアル！　すごい！　子どもって本当にすごい！　なんて神秘的！　人類の偉大さ！　赤ん坊の能力のすばらしさ！

麻衣子は亮太をきつく抱きしめた。いとしい気持ちがじゃんじゃんあふれてきて、涙が出そうだった。

それから、今日の出来事を思った。あの険悪な雰囲気を思い出すと、胃が痛くなるほどだけど、知ったこっちゃない、と思うことに決めた。さっき高校時代の友人のまりあから、たまたま電話がかかってきて、麻衣子は今日のことを話した。

「麻衣子に関係ないじゃん。そんなの気にする必要まるでなし。知ったこっちゃない精神よ」

そう言われた。まりあは結婚しているけど、子どもはいない。子どものいないまりあに、ママ友との関係を説明するのは骨の折れることだった。麻衣子は、そうだね、と言うに留めた。

　そのときは、そんなに簡単な話じゃないのよ、と心では思っていたけれど、今、亮太から胎内記憶を聞いたことで、なんだか少しふっきれたような気がした。些細なことで悩んでいたら胎教に悪いし、大切なのはなによりも子どもたちだ。ママ同士の軋轢《あつれき》は、子どもたちのきらきらした心になんら関係ない。

「知ったこっちゃないわ」

　口に出してそう言ってみると、本当にたいしたことではない気がしてきた。

「しったこっちゃないってなに？」

　亮太が笑いながらたずねる。麻衣子は、いとしいわが子を強く抱きしめて、亮太の大好きな、麻衣子自作の子守唄を歌った。

　二回繰り返し歌ったところで、亮太の寝息が聞こえてきた。ランチに行って、少し疲れたらしい。時間がまだはやかったから、昨日のリベンジで「カサブランカ」でも観ようかなと思ったけれど、亮太のかわいい寝顔を見ていたら、このまま一緒に眠りたくなった。麻衣子はまだ平らなお腹をさわさわとなでながら、ゆっくりと目を閉じた。

音楽発表会当日、麻衣子は、亮太と市民会館へ向かった。夫のゲイリーは仕事だった。自動車の営業マンにとっては、祝日はかきいれどきらしい。秋晴れのいい天気だ。亮太はうきうきして、ルキアちゃんとぴゅあちゃんのために買った、小さな花束を抱えている。

会場に着いて席に座ると、ルキアちゃんとルキアちゃんママが麻衣子たちを見つけて、声をかけた。

「りょうちゃん、きてくれてありがとう」

と言うルキアちゃんに、亮太がさっそく花束を渡そうとするので、「あとであとで。ルキアちゃんの出番が終わったらね」と、麻衣子は笑って制した。

ぴゅあちゃんママも近くにいて、麻衣子に手を振った。旦那さんと一緒だった。

「きょうは、まちにまったおんがくはっぴょうかいです。みんないっしょうけんめいれんしゅうしました。がんばりますので、わたしたちのれんしゅうのせいかを、たのしみにみていってください。おわり！」

開会の挨拶、ぴゅあちゃんのちょっとだけ緊張した顔。最後の「おわり」の声だけやけに大きかったので、会場内には微笑ましい笑い声が起こった。麻衣子は大きな拍手を送った。

司会の人が、続いての演目を発表しているとき、なんとなくお腹に違和感があった。下腹部がやけに張ったような気がしたのだった。麻衣子はルキアちゃんママに亮太を頼み、トイレへ行った。

あっ！

思わず声が出た。出血していた。少しだけど、確かに出血していた。麻衣子は青ざめた。そのうちに生理痛のような痛みが襲ってきた。病院へ行かなくては！　とあせって立ち上がったとき、新たな違和感があった。再度の出血だった。今度は量があった。

麻衣子はすぐさま病院に電話を入れた。すぐに来てください、とのことだった。

病院の白い天井を見ながら、麻衣子は少し泣いた。流産してしまったのだった。

先生は、この時期の流産は母体側の責任はまったくないと言ってくれたけど、それでもいなくなってしまった赤ちゃんに対して、ものすごく申し訳ない気持ちでいっぱいだった。亮太の胎内記憶を聞いたばかりだったから、なおさらだ。

音楽発表会の会場で事情を話すと、ルキアちゃんママは顔色を変えて、亮太をふたつ返事で預かってくれた。発表会が終わったら、病院に連れて来てくれることになっている。夫にはすでに連絡した。時間を見て、なんとか駆けつけてくれるらしい。

「わたしも、これまで三回やってるのよ」

看護師さんだった。麻衣子は涙を拭いて、顔をあげた。

「赤ちゃんが自分で選ぶのよ。ちょっと間違えちゃっただけよ。またすぐに来てくれるわ。大丈夫よ。ね、麻衣子ちゃん」

え？　麻衣子は、看護師さんの顔をじっと見つめた。

「わかんないか。わたしオカザキよ、オカザキトモカ。中学のとき同じクラスだったオカザキよ」

ああっ、と、麻衣子の口から情けないような声がもれた。

「オカザキさん……」

麻衣子が呆けて言うと、彼女は元気よく笑った。そういえば面影があった。当時はニキビがひどくてがっしり体型だったけど、すっかり痩せてきれいになっている。

「ひさしぶりだね。十五年ぶりくらい？」

オカザキが言う。麻衣子は、なんと言っていいのかわからなかった。まるで、よい友人関係ではなかったから。

「オカザキさん、看護師さんだったんだね。上の子もここで産んだけど、気が付かなかった」

麻衣子が言うと、去年からこちらの病院に来たという。それまでは、旦那さんの仕事の関係で北海道にいたらしかった。オカザキは早口で近況を言うと、「じゃあね」と言って病室を出て行った。

「赤ちゃんが自分で選ぶのよ」

オカザキが言った言葉が、胸にじんと迫ってきた。泣けた。その言葉にも、オカザキのやさしさにも、それに報えなかった中学生時代の幼い自分にも。

しばらくしてから夫がやって来た。残念だったな、と口をへの字にして、今にも泣きそうな顔をする。麻衣子は夫の心情を察し、少しだけ温かな気持ちで、夫の顔を眺めた。

そのあとすぐに、亮太がやって来た。亮太も今にも泣き出しそうな表情だ。麻衣子と急に別れて不安だったのだろう。父親が抱き上げると、声をあげて泣き出した。

ルキアちゃんママとぴゅあちゃんママもいる。子どもたちは病室の外で待っているらしかった。さすが女の子だ、聞き分けがいい。

「亮太を見ててくれてありがとう。発表会だったのにごめんね。ぴゅあちゃんとルキアちゃんの出番見られなくて残念だったよ」

麻衣子が言うと、二人のママ友は頭を振った。

「なんか責任感じちゃって……」

とルキアちゃんママが言うと、ぴゅあちゃんママもうなずいた。麻衣子は首を振る。

「こんなくだらないことに巻き込んじゃって、本当にごめんね。大事な時期だったのに」

弱々しく、ぴゅあちゃんママが言う。二人は顔を見合わせて、意気消沈している。どうやら仲直りしたらしかった。

「またみんなでランチ行こうね」

麻衣子が言うと、ルキアちゃんママとぴゅあちゃんママは大きくうなずいた。そのとき、父親に抱かれていた亮太が「ぼくもいく！」と大きな声で叫んだので、みんなで笑った。

病室の窓から見える空は大きくて、青いキャンバスの上に、真っ白なイワシ雲が愉快げに広がっていた。秋のきれいな空だった。

愛の愛

ワカモト工務店のおやじが「おうっ」と手をあげながら、さざんか信用金庫の自動ドアを入ってきた。

「いらっしゃいませ」

いくつかの声がそろう。

「あっちいなあ。もっと冷房効かせろよ」

ハンカチで額の汗をぬぐいながら、ワカモト工務店が扇子を広げて窓口にやって来る。

「番号札をお持ちください」

愛の笑顔に「番号札を取るほど混んじゃいねえじゃねえかっ」と、ワカモト工務店は言いながら、それでもしぶしぶと番号札を取る。

――あなたの町のさざんか信用金庫。さざんか信用金庫は、いつでもあなたの味方です

―――

勤続十六年目の夏。三十四歳の夏。

「二十一番の番号札をお持ちの方、三番の窓口へどうぞ」

愛が、大きな声で言う。

「だから俺だっての。ったく無駄なことしてんなあ、エコの時代でしょうに」

ワカモト工務店は、二十一番の番号札を持って、愛のいる三番窓口へやって来た。

「番号札いらねえんじゃねえの？　くだらないよ」

セカンドバッグから、当座預金帳やら小切手帳やら現金やらを取り出しながら言う。愛は小声で、まあまあと返す。

「愛ちゃんに言ってもしょうがねえか。あとで支店長に言ってやらあ。それにしても、もっと冷房効かせなよ。これじゃあ信用金庫の意味ねえよ。入った瞬間に『ひやー、涼しー』ってのが、信用金庫とか銀行とかの醍醐味《だいごみ》だろうよ」

ひととおりいつもの愚痴っぽい挨拶を終えると、じゃ、愛ちゃん頼むわ、とワカモト工務店は、長椅子に腰かけて週刊誌を読みはじめた。

勤続十六年目の夏。三十四歳の夏。

愛は、身体が自然に覚えている動作で、ワカモト工務店の通帳やら伝票などを、然るべき流れでさばいてゆく。

勤続十六年目の夏。三十四歳の夏。

愛は最近、口癖のように出てくるそのフレーズを憎んでいる。憎んでいるけれど、そのフレーズは、好きな歌手のお気に入りの歌詞のように、愛の頭のなかでリフレインする。

「ワカモト工務店さま、ワカモト工務店さまー」

長椅子に悠然と座っている、古希を迎えたわりにあまりにも血色がよく体格もすこぶるいいワカモト工務店に向かって、愛が声をかける。

「おお、もう終わったのか。はええなあ、愛ちゃんは」

そう言いながら、三番窓口にやって来る。

「早いから、ちっとも汗ひかなかったよ。冷房もっと効かせなきゃ」

愛は笑顔で受け流しながら、当座預金帳と小切手分の現金を渡す。

「そういやあ愛ちゃんはよう、いくつになったんだよ。まだ結婚しねえのかよ。見合いの話なら腐るほどあるよ」

大きな声でワカモト工務店が言う。まるで悪気なく、いっそ善とも言うべき口調で。

愛はとりあえず、とびきりの笑顔を貼り付けてやり過ごす。くそじじい、と思いながら、とっとと帰れ、と念じながら。

「愛ちゃんほどの美人が結婚できねえなんて、こんなおかしな話ねえだろ。なあ、お隣さんよう」

ワカモト工務店が、二番窓口に座っている高野さんに顔を向ける。高野さん二十四歳は、困ったような顔で愛想笑いをし、すぐさま目を逸らした。

「じゃ、またな。ありがとよ」

ワカモト工務店が右手をあげて帰ってゆく。自動ドアが開いて、外の喧騒とともに、「なんだよ、外もあっちいなあ」という、ワカモト工務店のでかい声が聞こえた。

自動ドアが閉まったあとのつかの間の静寂。愛は、いたたまれないような気持ちになると同時に、ワカモト工務店の思慮のなさを忌々しく思う。

勤続十六年目の夏。三十四歳の夏。

まるで、「金鳥の夏、日本の夏」のようではないか。愛はうんざりする。同僚の絵美が、愛の肩に手を置く。まあまあ、そう怒りなさんな、といった体《てい》だろうか。続けて絵美がコップを持ちあげる動作をし、愛は目だけでうなずいた。

今日は金曜日だ。冷えたビールを飲みに行こう。

絵美は同い年の同僚だ。結婚後、妊娠を機に退職したが、その三年後の去年、再入社した。

意外と簡単に再入社できるところが、さざんか信用金庫のよいところであり、田舎的な体質でもあった。

愛はもっぱら窓口勤務だが、絵美は融資課にまわったり資産運用の外交をやったりと手腕を買われていた。給料だけ高く、能力の低いさざんか信用金庫の男性職員たちよりも、非常に使える絵美である。大卒だから、高卒の愛のほうが入社は早いが、なぜか絵美とは妙に気が合った。

「その後どうなのよ。ユンボくんとは」

大ジョッキを豪快に傾けながら、絵美が愛にたずねる。デパート屋上のビアガーデン。まだ陽が残っている。絵美の二歳の愛すべき娘は、本日パパ（絵美の夫だ）と一緒に、隣町のパパの実家に泊まりに行く予定らしい。今日は好きなだけ飲める！　と、絵美はうれしそうだ。

「どうもこうもないわよ。臭《くさ》いだけ」

愛がそう言って、鼻の穴をふくらませる。なによ、それ。臭いってなに？　絵美が笑う。

「夏はほんとに臭いのよ。下着とか靴下とか、洗っても洗っても臭いの。なんなんだろう、あの臭《にお》い。洗濯べつにしてるから、めんどくさくて仕方ないっつーの」

唇をへの字にして、うえーっと舌を出したあと、愛はジョッキを飲み干した。

「おねえさん！　大ジョッキ追加！　二つね！」

愛が大きな声で、高校生バイトらしい店員の女の子に声をかける。若いなあ、と愛がつぶやくと、絵美が笑った。

「早くユンボくんと結婚しちゃいなよ。でないと、また今日みたいにワカモト工務店が大声で、愛のいきおくれを高らかに発言するわよ」

愛は、あーあ、と伸びをして、

「ワカモト工務店に、見合いの話でも持ってきてもらおうかなあ」

と、本気そうにつぶやいた。絵美は、やれやれと首をすくめる。

ユンボこと板垣雄人は、一緒に住んでいる愛の恋人である。この夏で付き合って五年目になる。ユンボというニックネームは、雄人という名前と、仕事でユンボを操作していることからつけられた。

猛暑のなかでの肉体労働はさぞかしきついだろうと、愛がおろおろと心配していたのは、付き合って最初の夏くらいであって、それ以後はなにも思わなくなった。腰がいてえ、などとユンボが言おうものなら「もっと気合を入れて働け！」と声高に言ってしまうこの頃である。

「愛」

と、遠慮がちに声をかけられたのは、絵美とともに大ジョッキ三杯をすでに空け、それぞれが焼酎と日本酒に切り替えてしばらくしたあたりだった。空はすっかり藍色《あいいろ》の夏の夜に変わっていた。

「はい？」

愛は振り向いた。そこにはかつての恋人、横峰達也がさわやかな笑顔で立っていた。

「愛じゃないかなって思ったんだ」

達也は席を移動して、愛と絵美のテーブルに座っている。他の人たちはいいの？　という質問に、達也は「いいのいいの、いつものソフトボールの連中だから」とどうでもいいように手を振った。

「ひさしぶりだね」

と愛は言ってみた。ほんとひさしぶり、と絵美も言った。絵美も、過去に何度か達也に会ったことがある。

「二人とも元気だった？」

達也が言い、二人は笑ってうなずいた。

「仕事は？」

愛がたずねると「相変わらずだよ」と微笑んで、ポケットから名刺を取り出した。大学を卒業してから勤めた、地元にある有名電機メーカーの名刺だ。

「すごい！　課長補佐だって」

と言ったのは絵美だ。

「もう、なんで別れちゃったのよ、愛。もったいないったらない！」

でかい声で絵美が続けた。愛は、絵美の口をねじりあげてやりたかったけど、ぐっと我慢し、はははと笑った。

「なんだ、愛はまだ結婚してないのかよ」

達也がさらりと言った。こんなことをさらりと嫌みなく、しかもすてきに言ってしまえる達也を、愛は少しの惜しさを含めて懐かしく思った。

「売れ残っちゃってるわよ」

と言って、愛は頭を振った。ついでに、達也が結婚しているかどうかを知りたかったけれど、砂粒ほどの哀れなプライドが邪魔をして聞けなかった。

「そうか。じゃあ一緒だ。俺もいまだ独身」

愛の疑問は即座に解決された。こういうところが達也なのだった。相手に負担を与えずに、相手の気持ちをささっとくみとって先回りできるナイスガイ。

「彼女はいるの？」

と傍若無人、あるいは天真爛漫《らんまん》にたずねたのは絵美だった。結婚して子どもがいる女の余裕と大雑把さを、愛は少々憎んだけど、それは愛も聞きたいことだった。

「うん。一応ね」

達也がさらりと答えた。絵美が「ざんねーん！」と言って、前のめりになっていた姿勢から、椅子の背もたれにのけぞるように身体を移動させた。愛は、再度絵美の口をねじりあげたかったけれど、正直なところ自分だって「残念！」と思ってしまったのも事実だ。

それから三人で、たわいもない話を延々とした。仕事、芸能界、趣味、旅行。くだらない話題は純粋にたのしかった。時間はあっという間に過ぎていった。


愛が帰宅したのは午前一時を過ぎていた。あれから次の店に行き、三人で飲んだのだった。外から部屋の灯りがついているのが見えた。まだ起きてるのかなと思い、愛が「ただいま」と入ってゆくと、そこには素っ裸の大の字で大いびきをかいているユンボがいた。冷房はガンガンに効いている。それなのに窓は大きく開け放たれている。テレビも大音量で点《つ》けっぱなしだ。

「ちょっと！　なにしてんのよ！」

愛が大声を出してもユンボはいっこうに起きる気配がない。足の間にある情けないものを見ていたら、猛烈な怒りが湧いてきた。

「起きろっ！」

そう言って太ももを蹴りあげると、ううん、とうなって向きを変え、うつぶせの姿勢になった。広告の上に寝ていたらしく、汚い尻に近所のスーパーの大売り出しのチラシがひっついている。

「パンツくらいはきなさいよ！」

愛はそう言って、尻からチラシをひっぺがして、ユンボの尻を思い切り叩いた。うつぶせの体勢は勘弁してほしかった。生の下半身をフローリングにつけてほしくない。

「いてえなあ、なんだよう」

そう言いながら、のろのろとユンボが起きあがる。

「あんた、明日も仕事でしょ！　なんで布団で寝ないのよ」

ユンボが、むああ、と伸びをする。

「なんで裸なのよ！　風邪引くでしょ！」

と言いつつ内心は、素っ裸で寝ていたユンボの身体を心配していたわけではなく、点けっぱなしになっていた冷房と電灯とテレビの電気代の無駄を考えたのだった。

「風呂上がり、暑いから裸で寝そべってたら、そのまま寝ちゃったんだなあ」

ユンボは、むああ、と再度伸びて、腹減ったなあと台所を物色しはじめた。

「ちょっと！　先にパンツはけって言ってんの！」

愛が叫ぶと、あ、ああ、これにお湯入れてからね、と全裸でカップラーメンにポットの湯を注ぎはじめる。

愛は「アホッ！」とひとこと言い放ち、風呂場に行ってシャワーを浴びて、そのままユンボの顔を見ずに寝た。

暑さで目が覚めた。すでに身体中がねっとりとしている。暑い夏の朝。ユンボはすでに仕事に行ったようだ。

愛は、自分の仕事が休みの土日は寝坊するのが日課となっていて、ユンボの世話（起こしたり、朝食を用意したり）をしないことを多少申し訳なく思ったけれど、リビングの惨状を見て、申し訳なく思った自分のほうこそがかわいそうだと思い直した。

汁が入ったままのカップラーメン。中身が少しだけ残っているペットボトルのコーラ。なにに使ったのか、丸まったフェイスタオル三枚、汗臭いTシャツ、洗濯してあると思われる靴下二足。制汗スプレー。カールの空き袋とランチパックの空き袋。飲みかけの牛乳パック。

「もうっ！」

愛は起き抜けとは思えない早業で、それらを猛然と片付ける。カップラーメンの化学調味料のにおいが部屋に充満している。窓を全開にして換気する。もうっ！　と再度言ってみる。声に出さなきゃやってらんないと思いながら、めまぐるしく立ち働く。すさまじい勢いで一気に掃除機をかけ終わったら、汗びっしょりだった。愛はシャワーを浴びて、身支度を整えた。

ようやく、ほっとひといきだ。コーヒーメーカーからのすてきな香りで気持ちを落ち着かせる。カップラーメンの悲しげなにおいは外に追い出した。愛はドアの郵便受けに入ったままになっていた新聞を広げ、コーヒーを飲む。安らかで快適な時間だった。

そのとき天啓ともいえる唐突さで、愛は思った。

「一人暮らししたい！」と。

そうだ、わたしはこういう落ち着いた時間を常々求めていたんだと。

自分のお気に入りのカップで美味しいコーヒーを贅沢に楽しみ、ゆっくりと新聞を読んだり読書をしたりする。誰にも煩わされることなく、時間はすべて自分のもの。部屋はいつもきれいだし、臭い洗濯をする必要もない。起き抜けにカップラーメンの汁のにおいにカウンターパンチをお見舞いされることもなく、花瓶に花も飾れる。戸棚にしまいっぱなしになっていたアロマも満喫できるし、消臭剤をこれでもかっていうくらい置いたり消臭スプレーを親の仇《かたき》のように撒いたりしなくても、玄関は穏やかに秩序を保つ。

ああ、一人暮らし。夢のよう。クロワッサンとサラダとカフェオレの朝食。同居人が脱ぎ散らかした服を拾い集めることなく、トイレも占領されずに済む幸せ。同居人の昼食用の特大おにぎりを毎朝握らなくてもよい幸せ。そこらじゅうに落ちている同居人の陰毛を、コロコロで必死に取らなくてもいい幸せ。ああ、一人暮らし。ああ、夢の城。

空想に浸っていると携帯が鳴った。メール着信。見てみると、相手は達也だった。そういえば昨日アドレスの交換をしたのだった。

――昨日はお疲れ。ひさしぶりに会えてたのしかったよ。ところで、折りたたみ傘忘れてない？　日傘かな。黒いやつ。今、俺の手元にあります。心当たりあったら連絡ください――

達也らしい、と思って、愛は心易い気持ちになる。しばし、愛は達也の思い出にふける。高校時代から付き合っていたマッハに女ができ、傷心の愛の前に現れたのが達也だった。友達の紹介で、会ったその日に告白されて付き合いはじめた。

達也はいつだって正しかった。まっすぐで礼儀正しくて、いろんなことを知っていた。話はおもしろかったし、スポーツにも詳しかった。愛のことをなによりも優先してくれたし、心から尊敬できた。自分たちは結婚するだろうと、愛は漠然と感じていた。達也にしたっておそらくそうだったろう。

実際、同い年の達也は、三十歳になったら結婚しよう、と口癖のように言っていた。愛も、そうだね、とうなずいていた。

ところがだ。二十九歳のとき、愛はユンボに出会ってしまった。信金の客だった。ユンボは、

「自分、通帳を作りたいんすけど」

といきなり窓口に現われて言った。愛は、申し訳ありませんが番号札をお取りになってお待ちください、と伝えた。ユンボは「なんすか、番号札って?」と言って、キョロキョロした。

「そこにある機械から一枚、札を取ってください」

愛が立ちあがって機械を指すと、ユンボはおそるおそる札を抜き取った。この時点でユンボは汗びっしょりで、番号札云々を言ってしまった愛のほうが悪者になった気分だった。

「四十四番の番号札をお持ちの方、三番窓口へお越しください」

愛が言った。

「四十四番の番号札をお持ちの方、いらっしゃいますか」

愛は何度か大きな声で言った。長椅子に腰かけているお客さんたちは自分の番号札を見て、

一様に首を振った。ぴんときた。ユンボだけが、女性週刊誌に没頭していたからだ。愛は仕方なく、カウンターを出て行って、ユンボの肩に手をかけた。

「四十四番の番号札をお持ちじゃありませんか」と。

そのときユンボが開いていたページは性愛描写の激しいマンガのシーンで、愛はなぜかそのページを食い入るように見つめてしまった。ユンボは気の毒なくらいに慌てて、せっかくひいてきた汗が、瞬時に放出された。ユンボは、首に巻いたタオルで顔やら首やらをごしごしと拭いた。

結局その日、新規通帳は作れなかった。印鑑が違ったのだった。ユンボの姓は、板垣だというのに、持っていた印鑑は「田中」だった。

「おっかしいなあ。なんでだろう、おっかしいなあ」

田中印を持ってきたユンボ自身が首をかしげていた。

その日をきっかけに、愛とユンボは顔見知りになり、その後、何度か偶然にも街中でばったり出くわすことになった。

愛はあの時期の、自分のふわふわとした気持ちをおぼろげながらに思い出す。確かに、自分は何度か会ううちに、ユンボに対して奇妙な好意を抱いていた。かといって、「付き合ってください」と言われて、なぜすぐにＯＫしてしまったのだろう。達也という、れっきとしたすばらしい彼氏がいたにもかかわらず。はっきり言って、どこをとっても達也のほうが上等だった。顔も性格も趣味やセンス、エトセトラ。

達也に、好きな人ができたから別れたいと言ったら、ものすごく驚いて、それからひどく傷ついた顔をした。当たり前だ。なんという勝手な女だろうと、愛は過去の自分を思い、蹴りを入れたくなる。

理由のない激情に呑み込まれるのが恋だとしても、あのときの選択は、人生においておおいなる失敗だったのではないだろうか。こんなことを考えるのは情けないけれど、達也とあのまま一緒にいたら、もう子どもが二人くらいいてもおかしくないだろう。

「あーあ」

愛は思わず声がもれる。あーあ、と言わずにいられない。自分のふがいなさに。

達也に返信をして、ファミレスで落ち合うことになった。達也は夕方までに戻ればいいらしいので、ランチを一緒にすることにした。

「はい、夏の必需品の日傘」

達也がすばらしく整った笑顔で、忘れ物を愛に渡す。

「あーあ、あたし、なんで達也と別れちゃったんだろうな」

そんなことを言うつもりはまったくなかったが、愛の口からは思わず本音が出てしまった。

「なに言ってんだよ。そっちが別れたいって言ったんじゃない」

眉をあげて達也が言う。そりゃそうなんだけど、と愛はもにょもにょと返し、みっともないなあ自分、と反省する。

「なによ、今の彼とうまくいってないの？」

達也に聞かれ、愛は「うーん」とうなる。最近はユンボの些細なことが妙に鼻について、たいした理由もなくムカついてしまうのだ。

慣れ、なんだと愛は思う。惰性。似たような毎日。刺激のない日々。

「そういう達也は？　彼女と結婚しないの」

愛がたずねると、達也は少し照れくさそうに、

「秋に籍を入れようと思ってる」

と告白した。

「えー！　そうだったの？　結婚式は？　披露宴は？　彼女って何歳？」

矢継ぎ早に聞いてしまい、無意識に口をついたとはいえ、愛はこれまた反省する。達也は質問の一つ一つに丁寧に答えてくれた。

秋に籍を入れて一緒に住むこと。来年早々には結婚式と簡単な披露宴をすること。彼女は

今二十九歳で、籍を入れる日に三十歳になること。

事実を事実として、余計な装飾なしに話してくれるのは、達也の人柄と頭のよさと育ちのよさで、付き合っていたときだって今だって、尊敬できる部分である。

けれど愛は少しだけつまらない気分になっていた。正直に白状してしまうと、それは小さな羨望だった。

まったく、嫌になっちゃう。愛は大きく息を吐き出す。墓穴を掘っているのは、他ならぬ自分だ。芸能人御用達の小一時間は並ばなければ買えないシュークリームを、並びもせずに簡単に手に入れたというのに、それを食べる前にぽいと捨てて、スーパーでもコンビニでも駄菓子屋でも安易に手に入る安価で身体に悪い菓子を、お釣りをもらわずに買ったようなものだ。しかも捨てたシュークリームは、心優しい女の子に拾われてめでたくおいしく食べられましたとさ。なにこのたとえ。あほらしい。

ああ、それにしてもあたしって本当に男運が悪いと、愛はつくづく思う。高校生のときにはじめて付き合った彼氏マッハだって、気は合ったけどはっきり言ってダメ男だった。年上の女にハマって結局は別れることとなった。

そして達也を振ってまで付き合いはじめたユンボ。もちろんダメ男。通帳を作ることもままならない。おそらく頭が悪い。漢字が読めない。岩手のことを、なぜか、がんしゅ、と読んだ。寿司屋で会計のことを「あがり」と言い、ガリのことを「あ、ガリ」とまるでいらないダジャレにし、お茶をいただくはめとなった。その寿司屋にはあれ以来行っていない。カタカナ語にめっぽう弱く、バリアフリーのことをバイアステープと言う。

結婚については、これまで考えなかったこともない。いつか結婚するだろうとは思っていた。けれどユンボはいっこうにプロポーズする気がないらしく、愛のほうから打診しても「このままでいいんじゃね？」と、まったく意に介さずだ。

最近では愛のほうでも、ユンボと結婚したいとは思わなくなった。結婚とは、ただの紙上の問題であって、実生活が変わるとはとうてい思えなかったからだ。ユンボの臭い下着や靴下を洗って一生が終わると思うと、くらくらと重度のふらつきを覚えるのだった。

別れようかな。

ふいに思った。べつに別れてもいいような気がする、と。

「じゃあな、愛。またみんなで飲みにでも行こうよ」

スマートに会計をささっと済ませた達也を、できすぎだ、と半ば思いながら、愛はごちそうさまでしたと頭を下げた。

愛はそのあと、デパートに寄って夏物セールをひやかしてから帰宅した。ユンボはすでに帰っていた。

「今日は早かったんだね」

愛が言うと、ちょっとへんな顔をして「おかえり」と言った。

「どこに行ってたの」

ユンボが愛にたずねる。

「どこって、ファミレスでランチして、デパートに」

愛が言うと、見たぞ見たぞ、とやけに明るい声が返ってきた。

「見たぞ、ファミレスにいるの」

ああ、そう、と愛は答えた。

「窓側に座ってただろう」

「そうよ」

「見たぞ」

ユンボがしつこく言う。明るい口調で。

この段になって、愛はようやくユンボがなにを言いたいのかがわかった。男といるところを見たと言いたいのだ。愛はげんなりした。今さら、やきもちかよっ、と頭をはたいてやりたい気分だった。

「男といただろ」

甲高い声で、鬼の首でもとったかのようにユンボが言う。パンツ一丁で。

「なあなあ、男とファミレスでスパゲッティ食ってたろ？」

かぶせるようにユンボが言う。なあなあなあ、と。

「うるさいっ！」

愛が一喝した。ユンボがひるむ。

「な、なんだよ、逆ギレかよ」

「気持ち悪いやきもち焼かないでよ！　男友達と会ってただけ！　秋に結婚するんだって！　彼女の誕生日に入籍するんだって！　ふんっ、なにさ。友達と会ってなにが悪いのよ！」

愛は一気にまくしたてた。

「い、いや、べつにいいけどさあ。でもやっぱ男と二人きりで会うのはどうかなあってさ」

ユンボが小さな声で言う。

「あたし、ユンボと別れようかなって思ってるんだよ」

愛はそう言った。まだ言っちゃいけないと頭では思っていながら、はっきりとそう言っていた。

「え？」

ユンボは唖然《あぜん》としていた。それから「な、な、なんで」と、見事につっかえながらつぶやいた。

「だってもう一緒にいても仕方ないでしょ？　あたし三十四歳なのよ。オバサンなのよ」

そ、そ、そんなことないよ、オバサンじゃないよ、とまるでなんの返答にも励ましにも慰めにもなっていないことをユンボが言う。

「結婚する気もないくせに、いっちょまえにやきもちなんて焼いちゃってばっかみたい！　あたしはもう勝手にやらせてもらいますから。同棲も解消方向でご検討ください！」

ユンボは呆然《ぼうぜん》としていた。

「こんなに大事な話してるのに、あんたはなんでパンツ一枚なのよ！」

そう言って、足元に散らばっている四枚のタオルを丸めてユンボに投げつけた。無駄にタオルを使うのも腹立たしかった。


その日から、ユンボは家のなかでもTシャツとハーフパンツを身に着けるようになった。愛が頼めば、皿洗いや風呂掃除なども嫌な顔をせずにやってくれた。タオルの無駄遣いもしなくなった。

それでも愛の機嫌は直らなかった。些細なことでいらつき、穏やかに過ごすことができなかった。愛は結婚に憧れを抱くタイプではなかったけれど、友達の大半はすでに結婚している。

ユンボのことを嫌いになったわけではなかった。ばかでアホで単細胞な、たとえ谷底に落ちたって、しっぽをちぎれんばかりに振る間抜けな犬のようなダメ男のユンボに対して、愛情らしきものは確かにあった。

でも、心のどこかでは別れてもいいかと思っているのも事実だった。なんだか、むしゃくしゃするのだった。ユンボに当たるのは申し訳ないと思いつつ、でもやっぱり不機嫌の元は、優柔不断でだらしないユンボなのだった。

「えっ？　あっ、そうなの。そっかあー、おめでとう、高野さん」

さざんか信金、朝の更衣室で、愛は二十四歳高野さんから、結婚するんですと打ち明けられた。

来年早々には式を挙げるらしい。披露宴には来てくださいね、と二十四歳高野さんが言う。もちろん行かせてもらうわよ、と言いながら、わざわざ更衣室で自分を待ち、職員のなかでいちばんに結婚することを報告してくれた高野さんの心遣いを思うと、愛は、感謝するとともに悲しくなる。自分の未婚状態は、社内にいる若い女の子にも、少なからずの気を遣わせているのだとびしびし感じる。

着替えを終えフロアに出ると、先に更衣室を出た高野さんが課長に話しているのが見えた。

「そうか！　そりゃあおめでとう！」

という、課長のばかみたいにでかい声が響く。あとでからかわれること必至だなあと愛は思い、まっさきに自分に伝えてくれた高野さんに、再度感謝の念を持つ。これであたしが知らなくて、驚いた表情でもしようものなら、しばらくみんなの酒の肴《さかな》になりかねなかったと。

少ししてから絵美がやって来て、愛の肩を二回叩いたのは、いろんな意味がこめられていたのだろう。高野さんの結婚の話は、ものの十分でフロア中に広がった。


気を取り直して業務をこなす愛の窓口にいちばんに来たのは、ワカモト工務店だった。

「おはよう、今日も美人だねえ。昨日彼氏といいことあったかあ？　肌艶いいもんなあ！　ひゃっはっはっは」

悪びれる様子もなくセクハラまがいのことを大声で言い、なにがおかしいんだか大笑いしているワカモト工務店に、

「申し訳ありませんが、番号札をお取りください」

と愛が言うと、いつものようにぶうぶうと文句を垂れたのだが、そのとき自動ドアから入

って来た男に目をやると、ワカモト工務店の表情は一気に硬くなった。ワカモト工務店ばかりではなく、愛もその他の職員も、長椅子に座っていたお客さんも、ここにいる全員が固まった。

「おうまさんだ！」

と言ったのは長椅子に座っていた五歳くらいの男の子で、

「銀行強盗だ！」

と言ったのは、ワカモト工務店だった。本当は銀行強盗ではなく、信金強盗なのだが、この際そんな細かいことはどうでもいい。

男の子の母親は、慌てて子どもの口をふさぎ、抱きかかえるような格好をとった。フロアーがしずまり返る。

自動ドアから入って来た男は、馬のお面をかぶっていた。ゴム製の白い馬ヅラの、ご丁寧に頭部にたてがみまで生えているお面だ。視界が悪いのか、よろよろとしている。

ワカモト工務店は、七十歳を超えているとは思えない電光石火の勢いで、その男の横を通り抜け、自動ドアを出て行った。続いて自動ドア付近にいた若い女の子がすばやく出て行った。馬の面は視界が悪く、死角が多いらしい。

白馬男は、出て行く客に一向に注意を払っていない。よろよろと手を前に出しながら、窓口に向かって歩いて来るだけである。

きゃー、と誰かが声を出したと同時に、長椅子に座っていた客のほとんどが自動ドアめがけて走って行った。

課長と支店長は棒立ちになりながら、白馬男の動向を見守っている。緊急システムにより、警察にはすでに通報がいっているはずだ。

愛は身構えた。白馬男は愛のほうをめざして、歩いているように見えたからだ。

勤続十六年目の夏。三十四歳の夏。こんな経験ははじめてだった。まさかうちの信金に強盗が入るなんて！

そのときだ。愛はハッとした。見慣れたTシャツ、見慣れたジーンズ、見慣れたビーサン。

「ユンボッ！」

愛は大きな声で叫んでいた。

もちろん警察は来た。事情聴取されるユンボの横で、愛はこのまま消えてしまいたいと、頭を下げっぱなしだった。今頃になってユンボも、大変なことをしたとようやく気付いたようだった。

「家じゃないのよ！　信用金庫なのよ！　誰だって強盗だと思うでしょ！」

すみませんすみませんと、顔をあおくしながら額をテーブルにこすりつけて謝るユンボに、警察も最終的には苦笑いをするしかなかった。

事の顛末《てんまつ》はこうだった。ユンボは愛にプロポーズをするために、わざわざ仕事を休んで、さざんか信用金庫を訪れたのだった。白馬のお面をかぶって。よろよろと。

「あんなに視界が悪いとは思ってなかったんだ。来る前に、『ドンキ』に寄って買ったばかりだったから。口のところからしか見えないんだよ。だから上向き加減になっちゃって大変だったよ」

ぬけぬけとそんなことを言うユンボの頭を、愛は思い切りはたいた。

ユンボは、愛に渡す婚約指輪を白馬のお面のなかに隠していたのだった。窓口でお面を脱いで、はいこれ、婚約指輪。わあ感激うれしい、ありがとうユンボ、大好き。という筋書きを想像していたらしい。ばかか、今すぐ病院へ行け。

同席していた支店長も、はじめのうちは険しい表情をしていたけれど、ユンボのあまりにも幼稚でばかばかしい行動に、最後には吹き出さんばかりだった。支店長が、わりかし話のわかる人だったのが、せめてもの救いだ。

結局は厳重注意という、警察の寛大で温情的な処置で、白馬事件はとりあえず落着した。

「本当にごめん！」

リビングのフローリングに額をつけて謝るユンボの額は、さざんか信用金庫の応接室のテーブルにさんざんこすりつけたことによって、すでに赤くなっている。愛は仁王立ちで腕を組み、ユンボを見下ろす。今日のことは、しばらく職員たちに言われ続けることだろう。おしゃべりなワカモト工務店にだって。

「もういいよ」

愛の言葉にユンボはがばっと顔をあげて、今にも泣きそうな情けない顔をする。

「あの、これ……」

ユンボが頭の上に差し出したのは、愛の誕生石でもあるエメラルドの指輪だった。想定五万円くらいだと思われる。

「あの、これを」

「なによ」

「婚約指輪なんだけど……」

「給料の三ヶ月分の金額したわけ？」

愛は意地悪な気持ちで言ってみる。ユンボは、こりゃ驚いた、といわんばかりの表情だ。

「給料の三ヶ月分って、あっ、そうか。婚約指輪のときの文句だったんだ。今知った。なんだ、そうだったのか」

愛はほとほと呆れる。そして笑ってしまう。白馬のお面をかぶり、両手を前に出して、よろよろと歩く姿を思い出したのだ。間抜けすぎるではないか。

帰り際、絵美が「アッパレよ。拍手喝采よ。常識的な一般人にはとうていできないわ。心から尊敬する」と、存外本気そうに言っていたことを思い出した。確かに、常識のある人間にはできない。アッパレだ。拍手喝采だ。

「結婚してくれないかな」

姿勢を正してユンボが言う。

「どうしようかな」

愛は腕を組んで、そっぽを向く。

「頼みます、俺と結婚してください！」

ユンボがまた額をこすりつける。愛は、おかしくてたまらない。目の前にいる、まるでダメダメな男。こんな奴のどこがいいんだか、自分でも相当趣味が悪いとつくづく思う。

けれど、昨日までのむしゃくしゃした気分は、すっかりどこかに消えていた。こんな男、世界中さがしたってどこにもいやしない。

「いいよ」

愛は言った。結婚してあげてもいいよ、と。

ユンボの顔が見る間に崩れた。

「ヤッター！」

そう言って、愛を軽々と抱きあげて、ぐるぐると回る。

「やだあ、目が回っちゃうよ」

愛が言っても、ユンボはヤッターと言いながら、ぐるぐると回り続けた。愛は、落ちないようにユンボにしっかりと抱きついた。

勤続十六年目の夏。三十四歳の夏。愛とユンボの記念すべき夏だ。

キャメルのメランコリ

ついこないだ小学校の卒業式で号泣したばかりだというのに、今日また、中学校の入学式で泣いてしまった。かみさんが隣で、俺の肘を何度もド突いたけれど、もうそれどころじゃなくて、もれ出す嗚咽《おえつ》をハンカチで押さえるのがやっとだった。

まわりの保護者がにやにやと俺を見ているのはわかっていた。わかっていたけど、涙はとめどなくあふれてきて、何事もないようにしれっとした顔で式に参加しているまわりの奴らのほうが、とんでもない薄情者に思えた。

だってよう、今日は息子たちの中学の入学式なんだからよう。あんなに小さかった赤ん坊がもう中学生だなんてよう。

おうおうおうっ、おうおうおうっ

（うるさいっ！）

小声で鋭く言いながら、かみさんが脇腹をつねる。

「イテッ!」

思いがけず大きな声が出て、さらに注目を浴びる。

「一年生の退場です。みなさま、拍手でお見送りください」

司会の先生がマイク越しに言う。新一年生が保護者席の中央の通路を歩いてゆく。真新しく、サイズの合わない制服が初々しい。

二組の列に魚平を見つけた。

「魚平! 魚平!」

声に気付いて、魚平がこっちを向く。魚平だけではなく、二組の生徒全員がこっちを向いた。魚平はものすごく嫌な顔をして俺を一瞥《いちべつ》したあと、完全無視して去っていった。

続いて四組の列に肉平を発見。

「肉平! 肉平!」

かみさんに足を踏まれながらも声をあげると、肉平がこっちに気が付いた。

「おめでとう!」

声をかけると、ニカッと笑ってピースサインをよこした。まわりのクラスメイトも笑っている。愛《う》い奴め。

「あんた、いいかげんにしなさいよ」

かみさんにパンプスのつま先で向こう脛を蹴られ、あまりの痛さに軽く死ぬ。

「俺、もう嫌だよ。学校なんて行きたくないよ。しょっぱなから恥かいた。父ちゃんのせいだからな」

魚平がぶちぶち言いながら、昼食の焼きそばを食っている。

「ほんと、恥ずかしかったよな。すげえでけえ声出すんだからよ。超笑えた、超受けた！」

肉平が焼きそばのおかわりを申し出るものの、かみさんに、もうないわよ、と言われ、あっけなく撃沈。

「あ、バナナならあるけど食べる？」

かみさんが言うと、食べる食べると言って、肉平はほんの三口ほどで平らげた。魚平は、「もういらない」と言って焼きそばの皿を肉平に差し出して、肩を落としたまま二階へ行ってしまった。

「なんだよう、魚平の奴、景気わりいなあ」

俺が言うと、すこーんと頭をはたかれた。

「あんたのせいよ。入学式で大きな声出すから」

かみさんがにらむ。

「あの子はデリケートなんだから、もう少し考えてあげなさいよ」

仁王立ちというやつだ。お不動さんみたいな顔して俺をにらんでいる。結婚したときは、まさかこんな顔でにらまれるなんて思ってもみなかったよな。それにこんなに太っちゃうなんてなあ。

じろじろと眺めていたら、

「なによ、なんか文句あるの」

と、さらににらまれた。その顔がなにかに似てるなあと思ったら、思い出した。パグだ、パグ犬。パグにそっくりだ。ぎょろっとした目に、たるんだ頰、眉間《みけん》のしわ。でももちろん口に出したりはしない。パグが愛犬家のなかで人気があるのは知ってるけど、パグに似てるって言われて喜ぶヒトはいないだろうから。

「俺のほうはナイスだったぜ、父ちゃん。あのあと、みんなに話しかけられちゃった。入学早々、人気者の俺ちゃん」

肉平が、魚平の残した焼きそばをあっという間に平らげる。

「肉平と魚平を足して二で割れば、ちょうどいいんだけどねえ」

腕組みをしてパグが言う。俺はしかつめらしくゆっくりとうなずいて、父親の威厳をかろうじて保つ。

　三十歳のとき、飲み屋で隣の席になった女の子と、どういうわけか一晩のアバンチュールに成功して、こんなラッキーなこともたまにはあるんだなあ、などとウハウハしていたら、そのおよそ二ヶ月後、アバンチュールな彼女から突然の連絡。

　会ってみると、開口いちばん「妊娠したんだけど」と言われた。

「ええ!?　一回しかヤってないのにい!?」

　と、思わず大声を出すと、ものすごく嫌な顔をされ大きなため息をつかれた。

　そのとき俺には一応、付き合っている彼女がいたし、アバンチュールな彼女のほうも、俺と続ける気はさらさらなさそうだった。

　それなのにまさかの告白だ。

「どうしようか」

　彼女の不安はもちろん伝わってきたけど、俺としては、一回しかヤってないのになんで？という根源的な疑問で頭がいっぱいだった。だってなんていうか、損してない？　俺？

　とりあえず、その場での即答は控えて、家に帰って自分なりに考えた。ゲイリーに相談すると、「おめでとう」といきなり言われた。

「子どもはかわいいよ。絶対産むべきだ。なにを迷ってんだ」

そう矢継ぎ早に言われた。ゲイリーんとこの男の子は当時四歳。すでに子持ちのゲイリーは、やけに堂々とそう言った。

「このこの、すっかり落ち着きやがってぇ」

俺はそう言って笑いながらフェイドアウトして、しずしずと電話を切った。

マッハに連絡をすると、

「年貢の納め時だな」

と言われた。

「三十過ぎたし、ちょうどいいんじゃねえの」

と。

「だって、いきなり父親だぜ？」

「だって産むしかねえじゃん。おろすなんてなんかコワイし、倫理的にもダメじゃねえ？」

そんなふうに言われた。倫理的という言葉をこいつの口から聞くとは夢にも思わなかった。

マッハはこのとき学生だった。奴はなにを血迷ったか、一念発起した猛勉強の末、作業療法士などという、これまで聞いたこともないような資格を取るための学校に入学していたのだった。

まあ、それはそれとして、悔しいことにこの頃のマッハはモテていた。顔がいいから多少は納得いくけど、それまでさんざん年上女にけちょんけちょんにされていたマッハとは別人のように、精悍《せいかん》な男になっていたのだった。

そして俺は最後の頼みの綱、高校生のときにはじめて付き合った彼女、いわゆる童貞を捧げた彼女であるヨネちゃんに相談した。ヨネちゃんとは腐れ縁で、友人として細く長く付き合っている。

「自信がないならやめたら？」

というのがヨネちゃんの意見だった。ヨネちゃんは結婚していたけれど、子どもはいなかった。

「そ、それは、お、おろすってこと？」

「だってさっきから聞いてると、誰かに言ってほしい感じアリアリだもん。そんなんじゃ、この先、みんなが不幸になるんじゃないの。第一、今付き合っている彼女はどうすんのよ」

うだうだしている俺に、結局最後は「自分でよく考えろ」と言って、電話は切られた。

俺はマジでどうしたらいいかわからなかった。だって、たった一回しかヤってないのに！

仕方ない。とりあえず、付き合っている彼女に相談してみようと、決心して彼女を呼び出すと、彼女のほうからも話があると言う。聞いてみて、その内容に驚愕した。

「あたし、妊娠したんだよねえ」

と、あっさり言われたのだった。このときほど、死にたいと思ったことはなかった。

俺は考えた。アバンチュールな一晩の彼女より、あきらかに今、目の前にいる彼女とヤった回数のほうが多い。よって多数決で、結婚するならこっちだと。

ところが、彼女の口からは、思ってもみなかった言葉が続けられた。

「どう考えても、相手はあんたじゃないみたいなんだよね。実はここ二ヶ月くらい、ちょっと浮気しててさ。かなりハマりつつあったから、そろそろあんたとは別れようと思ってたんだよね」

俺はめまぐるしく頭を働かせた。そういえばここのところ、すっかりご無沙汰だった。

「カレに相談したら、産もう、結婚しよう、ってことになってさ。だから悪いけど、あんたとは別れようと思って。ごめんね」

そうなんだ、と言うしかなかった。そうなんだと言いながら、なんだかわからないけど、へらへらと笑ってしまった。

というわけで、俺は結婚を決めた。当時、彼女は二十九歳。俺と結婚するのはちょっとだけ嫌そうだったけれど、生まれてくる赤ん坊のためにと腹をくくったらしかった。

その嫁が今のパグちゃんである。ぎょろっとした目玉だけが当時の面影あり。

けど、どうよ。あのとき結婚して子どもを産んでもらって、大正解だったじゃないか！　妊娠中に、双子だってわかったときは少しばかりあせったけど、一気に二人も生まれるなんて、よく考えたらすごくお得じゃないかと思った。一回ヤって双子を妊娠。快挙以外のなにものでもない。

みるみる大きくなってゆく、かみさんの腹を見てたら、俺にも父親の自覚らしきものがふつふつと湧いてきた。それまで住んでいた実家を、風呂は共同というアバウトな二世帯住宅に改築した。小さな不動産屋だけど、かみさんは事務仕事を手伝ってくれて、おやじもおふくろも大喜びだった。

息子たちは帝王切開で生まれて、すぐに保育器に入った。手のひらにのりそうな赤ん坊たち。こよりほどのチンチンがついた二人を見たら涙があふれてきた。小さくて健気で一生懸命で、やけに泣けた。

そんな二人が、晴れて中学生になったのだ！　うれしいに決まってるじゃないか。

肉平は早々に部活を決めたらしい。

「なんだってまた、茶道部に？」

面食らって聞くと、肉平は、

「クラスメイトの女子に誘われたから」

とニヤニヤ笑って答えた。そういえばこういう奴、クラスに一人はいたなあ、と中学時代を思い出す。ひとことで言うとお調子者だ。

「魚平は？」

と聞くと、

「陸上かテニスか迷ってる」

と返ってきた。

活発でやんちゃな肉平と、反対におとなしくて口数も少ない魚平。二人とも小学生の頃からスポーツだけは得意だった。唯一と言っていい。

俺は学生時代、運動はからきしダメ（もちろん勉強も）だったけど、二人とも運動神経がいいのはかみさんに似たらしい。今でこそでっぷりと肉がついて、見るからに歩くのもおっくうそうだけど高校時代は陸上選手で、同時に体操教室にも通っていて、バク転やバク宙くらいは余裕にできたらしい。

子どもたちの手がかからなくなってからは、地区のママさんバレーにも参加している。よく動けるなあと感嘆しか出ないけど、どうやらかみさんは、機敏なデブに分類されるらしい。

肉平と魚平。一卵性の双子。小さい頃は二人一セットで、片方がケガをするともう片方も一緒になって痛がって泣いたりしていたけど、今はもうまったく違う人間だ。見間違えることもなくなった。

この少しばかり変わった名前をつけたのは、かみさんのじいさんだった。肉平と魚平にとっては、ひいじいさんとなる。

「肉と魚に困らんように」

まるで遺言のように言い残して、子どもたちが生まれた翌日にあの世へと旅立った。かみさんはかなり迷っていたけど、おれはナイスだと思った。ナイスじじい、ナイス命名。

この名前のせいで、からかわれたり、いじめられたりした時期もあったようだけれど、双子というのは何かしらのパワーを秘めているらしく、二人で団結して果敢に挑めば、たいていの問題はクリアできてしまうのだった。

今では二人とも、名前についての文句は一切言わなくなった。あきらめたという噂もあるけど、案外気に入ってるはずだと、俺は思っている。

それにしても、本当に時の流れるのは早いよなあ。この俺が四十四歳で、息子たちは中学生だもんなあ。俺のほうが、ついこないだまで中学生だったたってのによ。

そう言うと、

「いつの話よ、もう三十年も前じゃない。ばっかみたい」

と、すかさずかみさんに突っ込まれた。

「三十年⁉　おいおい、うそだろ！　あんときからもう三十年も経っちまったのかよ！」

しばし呆然とする。三十年っていったら、相当な年数だ。

「やだ、泣いてんの」

茶碗を片手に、青春時代の思い出にふけっていたら、かみさんに肘で小突かれた。いつの間にか涙ぐんでいたらしい。最近どうも涙腺がゆるい。

「お前たちが中学生になったから、なんだか父ちゃん、感動しちゃってさあ」

そう言って目尻の涙をぬぐった俺を、肉平が指を差して笑い、魚平はしらっと冷めた目で見つめていた。


というわけで、ゲイリーとマッハに急きょ招集をかけた。

「んなことで、いちいち呼び出すなよなあ」

と、不機嫌を装うのはマッハだ。本当はうれしいくせに、このこのこの。

マッハは今年めでたく結婚した。いや、めでたくない。だって、お相手はなんとハタチになるお嬢さんだ。二十四歳離れたダブルスコア差婚カップル。ああ、ムカつく。憎たらしい。

そしてマッハは今、ここらへんではちょっとばかし有名な大学病院で、作業療法士として働いている。

　そんなマッハのことを「お前、なんかやだなあ」と、正直に言うのはゲイリーだ。ゲイリーんとこの上の亮太は高校二年生だ。おれらが、こないだまで高二だったじゃないか。なんという月日の早さよ。

　ゲイリーが「なんかやだなあ」と言うのは、もちろんマッハの嫁さんの年齢に関してだ。自分の子どもとそう大差ない嫁をもらったことが、はっきり言って気持ち悪いらしい。上の子は男の子だからまだいいけど、小学生の下の娘に置き換えると、許しがたい感情をおさえられなくなるのだろう。うん、わかる。わかるぞ、ゲイリー。

「で、なんでカラオケボックスよ。いい年した中年男、三人でよ」

　マッハがすかして言う。マッハのこずるいところは、根は超ばかなくせに外見がいいところだ。これでコロッと女はまいっちゃうんだよなあ。

「俺たちは、いつでもカラオケって相場が決まってんだろ。どうせ居酒屋で一発目飲んだって、結局はねえちゃんのいる店で歌うだけじゃんか。なら、てっとり早く歌っちゃおうって腹よ。食べもんも飲みもんも豊富にあるしさ」

　俺がそう言うと、ゲイリーが、

「キャメルは歌だけしか取り柄がねえからな」

と失礼なことを言う。ゲイリーは、高校を卒業して勤めた自動車屋でずっと働いている。勤続二十五年。信じられない数字だ。エライぞ、ゲイリー。

「あっ、ヨネちゃん、また離婚したんだってな」

ゲイリーが言う。

ヨネちゃんは、つい先日二度目の離婚をした。さすがに落ち込んでるだろうと思って電話をしたところ、

「今、成田。これからナポリだから切るよ」

と、一方的に電話を切られた。ものすごくたのしそうだった。

ゲイリーが、九〇年代後半のポップスをめちゃくちゃに入力する。それを誰かが適当に歌う。ビール飲んで枝豆食って、焼酎飲んでイカ焼きを食べる。なんだかたのしいなあ。いいなあ友達って。

「なあ、なあ！　俺さ、信じられないわけよ」

俺の言葉に、マッハが「なにがよ」と片方の眉を上げる。

「だってよ、俺ら今年で四十四歳だよ。高校生の頃、自分が四十四歳になるなんて考えられなくなかったか？　四十四歳なんてよ、ものすごくジジイってイメージだったろ？　中年ド真ん中って感じでさ」

俺が唾を飛ばしながら言うと、ゲイリーがひとこと、

「なにが言いたいわけ？」

と、しらっと言った。ゲイリーもマッハもまるで、なんにもわかっちゃいない。

「だーかーらー、俺が言いたいのはだな。なんていうのか、つまるところ、時の流れは早いなあ、ってことよ」

ゲイリーとマッハが顔を見合わせて、呆れた顔をする。

「わかりきってることを、わざわざ言うなよ」

「じいさんみてえじゃねえか」

俺は舌打ちをする。違うんだ。そういうことじゃないんだ。なんて言ったらいいんだろうか。もっと熱い魂の叫びっていうか、子どもがどんどん大人になっていくっていうか、俺たちがおばかな高校生のときから、それゃ確かに月日は流れたけど、肝心な中身はたいして変わってないっていうか、その神秘的なまでの成長のなさっていうか……。そういうさあ、人生観みたいなことをぶちかましたいわけなのよ。ったく、わかってねえなあ。

って、いろいろ言おうかと思ったけど、もろもろは自分一人の胸にしまっておくことにした。男のロマンチシズムを理解できない奴らに、熱弁をふるってもわかんないだろうから。

「まあいいや！　たのしもうぜい！」

俺はお得意の一人EXILEを歌いながら、こぶしを振りあげた。EXILEのメンバーも増えたよなあ、とひそかに感慨にふけりながら。

問題が起こったのは、新学期が過ぎてひと月半ほど経った頃だった。

その日ちょうど、不動産屋にはハタチくらいの若い男女が訪れていて、延々とこれから借りたいアパートについて、理想を語っていた。

理想より現実を見ろ。現実っていうのは家賃のことだ。と内心説教をしてやりたかったけど、むろんそんなことはせずに、俺はにこにこと愛想をふりまいていた。

うちは、不動産屋の店舗を通らないと母屋には入れないから、学校から帰ってきた息子が、ただいまも言わずに下を向いたまま、すうっと横切っていったのを横目で見て、てっきり魚平の奴だと思っていた。最近の魚平は反抗期というやつなのか、ほとんど口を利かない。

店のパソコンを勝手に操作して、物件情報を当たっているバカップルは、息子が通ったことにも気が付かなかった。二人は、人前でさんざんいちゃついたあと、

「俺たちが求めている部屋はないみたいっす」

と言って、お茶を三杯も飲んだわりには、しごくあっさりと店を出て行った。

一服しようと、母屋の換気扇の下に立って、

「さっき、魚平が帰ってきたろ？」

とかみさんにたずねると、気付かなかったわ、とのこと。そうこうしているうちに店じまいの時間になって外の看板を片付けていると、もう一人の息子が帰ってきた。魚平だった。

「あれ？　魚平？　さっき帰ってきたんじゃなかったっけ。あれ？」

きょどってる俺を魚平は無視して、さっさとなかに入ってしまった。どうやらさっきのは、肉平だったらしい。

結局二人とも、夕食まで部屋にこもりっきりでリビングに顔を出さなかった。そして夕飯のとき、はじめて肉平の顔を見てたまげた。

「な、なんだよ！　どうしたんだ、その顔！」

左目が腫れ上がって、赤紫色に変色している。

「あらまあ」

と、呑気に言うのは、かみさんだ。おもしろそうに肉平のことを見ている。どうもこのパグ似の嫁さんには、危機感というべきものがおそろしく欠如しているように思うのは俺だけだろうか。

「なんだよ、どうしたんだよ。ケンカでもしたのか」

俺が前のめりになって聞くも、肉平はうんともすんとも言わない。

「魚平は、なにか知ってるか」

魚平は、肉平をちらと見てから、知らない、とひとこと。肉平はうつむいたまま、もそもそと夕飯を食っている。こんな肉平はじめてだ。

「元気ねえじゃんかよ、肉平！」

気合を入れようと、立ちあがって肉平の肩を叩く。

「……るさいな」

「え？　今なんて……」

「うるさいな、ほっといてくれよ！」

肉平はそう言って、食べかけの夕飯を残したまま、自室へと引っ込んでしまった。

「なんだよ、あれ」

呆然として、俺はつぶやく。

「いいのよう、ほっとけば。中学生なんてそんなものよ」

悠長なことを言って、肉平が残した夕飯をもりもりと食うパグ美。って、今はじめて「バグ美」ってつけてみた。本当は「晴美」なんだけど「パグ美」のほうがぴったりくる。

「魚平。お前、本当になにも知らないのか」

魚平に聞いてみると、

「さあね。ごちそうさま」

と言って席を立ち、そのまま自室へと行ってしまった。中学生になって、これまで一緒だった部屋を二つに仕切って分けたばかりだ。

「おーい、わが息子たちよう」

頭を抱えて言うと、「まあ、いいじゃないの」と、パグ美に背中を叩かれた。俺は前につんのめり、股間がテーブルの角にビンゴで当たった。

「いってえ！」

そう言って、ぴょんぴょん跳ぶおれを、

「ばっかみたい、あははははー」とパグ美が笑った。


その後、肉平が顔にあざをつくってくるということはなかったけれど、肉平の元気がないのは火を見るよりあきらかだった。

「ただいま〜！　腹減ったあ。なんか食うもんないの？　あ、父ちゃん、お疲れ！　今日さあ、学校でさあ！」

などと、少し前までは俺の顔を見るたびにうれしそうに報告してくれたのに、今じゃ「ただいま」すら言わない。なんなんだよ、どうしたんだよ、肉平。

そんな折、ナイスタイミングなことに家庭訪問があった。肉平と魚平は一時間の時間差で同じ日だった。幸い、店が定休日の水曜だったので、俺も参加。パグ美はものすごく嫌そうな顔をしていたけれど、知ったこっちゃない。

午後四時、魚平の二組の担任、六本木先生が到着。五十代の経験豊富な先生だ。

「人前に出てリーダーシップをとるような目立つタイプではありませんが、クラスメイトからの信頼は厚いです。同性の友人も多いようです。テニス部では期待の新人ということを、顧問の先生から聞いています」

六本木先生は、開口いちばん、そのように言った。はっきりとしたもの言いだったけれど、決して不快な感じはしなかった。うそは言わないような気がした。

「ご家庭ではいかがですか」

六本木先生の問いに、パグ美が「特に問題はありません」と、身も蓋もないようなことを言う。俺は慌てて、

「小学生の頃から口数は少なかったですが、最近は特にです。こっちがなにか質問しても、なんでも『べつに』とか『知らない』とか『さあね』で終わりです。こう言っちゃなんですけど父親としては、つまらないなあ、なんて思ったりします」

六本木先生は、そうですか、としかつめらしく答え、しばらく考えるようなふりをしたあ

と、

「そういう時期ですよ。お父さんも中学生の頃はそういう感じじゃありませんでしたか。親と口を利くのが恥ずかしいような、照れくさいような。思春期ですよ。大人への階段を上りはじめたんですよ」

と流れるように言った。思春期、大人への階段。なんかどっかで聞いたことのあるようなセリフだったけど、俺は膝を打ちたくなるほど納得した。

「そうっすか！　そうっすよね！　思春期ですよね！　第二次性徴期！」

晴れがましく言った俺の腿をパグ美がつねって、思わず声をあげそうになったけど、すんでのところで我慢した。

先生が帰ったあと、「六本木先生いいよなあ」と言う俺に、

「適当なおやじだよねえ。自分がどういう態度をとれば、保護者から嫌われないで済むかがわかってるって感じ。一見いさぎよい先生を装ってるけど、あれは実際なにも考えてないね。あんたが食いついたら、しめしめって感じだったよ。うさんくさいおやじだなあ」

パグ美がこきおろす。

「え？　そうだった？　誠実そうな、いい先生じゃない」

俺が言うも、パグ美はぶるぶると頭を振るだけだった。

午後四時四十五分に、肉平の担任、一年四組の藤堂すみれ先生が来た。

「予定より少し早くなってしまって、すみません」

と、玄関先で頭を下げた。すみれ先生は、二十代のうら若き乙女だ。

「肉平くんは、二組の魚平くんとご兄弟でいらっしゃいますよね」

当たり前の問いかけに、パグ美が早々に脱力したのがわかった。

「あの、ええっと、おうちでは仲がいいですか」

続けてそう聞かれ、パグ美は「はあ、まあ、ふつうだと思います」と答えた。

「……そうですか」

と言ったきり、すみれ先生は沈黙している。すみれ先生は、最近よく出ているグラビアアイドルにちょっとだけ似ている。って、そんなことを考えている場合ではない。肉平の近頃の学校での様子について、詳しく聞かなければ。

「最近、肉平の奴、ちょっと様子がへんなんです。少し前まではものすごく明るかったのに、今はほとんど口も利かないありさまで……。一度、顔を腫らして学校から帰ってきたことがあって、あのあたりから元気がなくなったように思います。学校でなにかありましたか？」

気になっていることを、ばしっと聞いた。

「あ、ああ、やっぱり、そうでしたかあ……」

そう言って、すみれ先生はうなだれている。横のパグ美を見ると、ばかにしたような目つきで先生を眺めている。

「なにかご存じなんですか？　教えてくださいっ」

勢い込んで俺が言うと、すみれ先生は瞳をうるませて、

「わたしが知っていることをお話しします」

と姿勢を正した。

可憐なすみれの花のようなすみれ先生が帰ったあと、ひさしぶりにさしでパグ美と話すことになった。

「本当のことだと思うか？」

と聞くと、パグ美はしばらく考えたあと、わかんない、と首を振った。すみれ先生自体が信じられない、どうもインチキくさいし、うさんくさい、と。

ったく、どこまで先生たちを信用しないんだ、この女は、と思いつつ、

「やきもちか」

と冗談めかして聞いてみた。ひさしぶりの夫婦水いらずの語らいの時間だ。これくらいの甘さは必要だろう。と思ったが、パグ美は見事無視だった。

「直接、子どもたちに聞いてみるか」

と一応はパグ美に打診したものの、俺はすぐにでも聞きたくてうずうずしていた。

「うーん、なにか複雑な事情があるのかもしれない。子どもたちに任せて、しばらく様子を見たほうがいいんじゃない？」

パグ美が言ったところで、

「そんなの待ってられっか！」

と、俺は叫んでいた。パグ美は大きくため息をついたあとで「じゃ、お好きなように」と、あごをしゃくった。


すみれ先生から聞いた話は、こうだった。肉平を殴った相手は、魚平と仲のいい二組の男子生徒で、それを指示したのは魚平だったというのだ。

「それはどこからの情報ですか」

と、かみさんがたずねると、肉平を殴った相手から聞いたという。殴った相手の名前は明かさなかった。

すみれ先生が今度は直接、魚平に確かめようと、魚平の担任の六本木先生に相談したところ、「おおげさにしないほうがいい」と言われたので断念し、とりあえず肉平本人にやんわりとたずねてみたが、首を振るばかりでまるで埒があかなかったという。

魚平が、肉平を殴るように指示をしただと？

んなこと、あるわけない。魚平は小さい頃から本当に心優しい子だった。肉平が欲しがれば自分のおやつを快く差し出したし、欲しいおもちゃがかぶったときも肉平に譲っていた。肉平のほうが兄貴だけど、弟の魚平はいつだって、肉平を守っていたではないか。

息子たちよ。父ちゃんがお前たちの身の潔白を証明してやるぞ！

俺はそう決意し、こぶしを高く突きあげた。


その日、肉平が帰ってきたのを見計らって、さりげなく誘ってみた。

「ちょっと買い物に付き合ってくれないかなあ」

ドアの向こうからは、めんどくさいよ、と元気のない返事。以前なら、ぶんぶんとしっぽを振って、嬉々として一緒に行ったのに。

「今日は、母ちゃんがママさんバレーだから、父ちゃんが夕食担当なんだよ。買い出しに行かなくちゃいけないけど、最近腰が痛くてさあ。重たいもの持つの、きついんだよなあ。どうかなあ、一緒に行ってくんないかなあ」

しつこくドアの前で言ってみると、しばらくしてから、わかったよ、と小さな声が聞こえて、ドアが開いた。

「おおっ、サンキュ」

依然としてうなだれている肉平の肩を押して、買い物がてらの散歩に出かけた。

「だいぶあったかくなってきたなあ。春も盛りを過ぎたなあ。もうすぐ梅雨だなあ」

しらじらしく、天気の話などをしてみる。肉平は、俺の二歩くらいあとをそろりそろりとついてくる。

「茶道部はどうだあ？　かわいい女の子いるかあ？」

当たり障りのないところから振ってみる。が、返ってきた答えはこうだった。

「ずっと行ってない。やめようかと思って」

下を向いたまま、そんなことを言う。

「なんでだよ。クラスメイトの女の子に誘われたんだろ？」

まあ、最初はそうだったけど……。そう言ったきり黙っている。

「お前、なんかあったのか？　この前も目のまわりにあざつくってきたし」

あせった俺は、つい、いきなりの直球を投げてしまった。

肉平が俺の目を、しずかにじっと見つめる。

「今日の家庭訪問で、すみれ先生から全部聞いたぞ」

そう言うと、肉平は瞬時に怯《おび》えの交じったまなざしになり、視線を外した。

俺の口は、もう止まらない。

「魚平の友達から殴られたんだってな。魚平がその友達に殴れって言ったのか？　おい、どうなんだよ。大事なことだぞ。たった一人の兄弟じゃないか。お前たち、一体なにしてんだよ。あんなに仲がよかったじゃないか！」

思わず感情優位になってしまう。しまった、と思うけど、もはや止まらなかった。

「なんでお前が殴られるんだよ。なにか理由があったんだろ。言え。洗いざらい言ってみろ！」

俺たちはスーパーまでの道のりの途中にある、小さな公園のベンチにいつの間にか座っていた。

「言え、言え、言うんだ、肉平！」

俺は肩をゆさぶる勢いでまくしたて、肉平はだんまりを決め込んでいた。

しばらくそのような膠着《こうちゃく》状態が続き、俺はだいぶ疲弊してきて、それと同時に自分の作戦が大失敗だったと、この段になってようやく悟った。

「……そろそろ魚平も帰ってくる頃だし、夕飯の買い物しちゃおうか」

反省しながら、やさしくそう言ってみた。ほら見たことか、とパグ美に言われるなあと思いながら。

ベンチを立とうとしたところ、

「魚平は知ってるの？」

と、突然肉平が口を開いた。

「魚平には、これからゆっくり聞いてみようと思ってたところだ」

そう答えつつ、この調子じゃ聞けねえよなあ、と内心思った。

「……言わないと思う」

ぼそっと肉平が言った。

「え、なんで？　なんでだよ。なんか理由があるのか？　やっぱお前、知ってんだろ？　言え、言えよ！　言っちまえよ！」

さっきの反省はどこへやら、またもや止まらなくなっていた。

肉平はむっつりとしたまま押し黙っている。

「よし、わかった。じゃあ、お前を殴ったっていう魚平の友達に直接聞いてやる。明日学校に行くからな」

そんなこと言うな、言っちゃいけない、と思っていても、なぜか言葉はどんどん感情的になってしまう。

「そんなことしたら、俺、登校拒否る……」

「ばっ、なっ、な、なんだよ、そ、そ、そんな登校拒否だなんてよう……」

俺は、すっかり悲しくなってしまった。父親失格の烙印を押された気がした。そんな言葉が肉平の口から出てくるなんて……。

と、そのときだ。ちょうど向こうから魚平がやって来るのが見えた。なんというタイミング！

「魚平！」

と叫ぶと、魚平は驚いたようにベンチに座っている俺たちを見た。

「なんだよ、どっか寄ってきたのか？　方向が違うじゃないか」

俺が聞くと、「友達んち」と、返ってきた。

「友達って、もしかして、肉平を殴った友達かっ!?」

考える間もなくそう口走ってしまい、魚平、肉平、しばしフリーズ。俺もフリーズ。

「……こいつがいけないんだ」

重い口をようやく割ったのは、魚平だった。

「調子よすぎんだよ」

魚平が続ける。

「べらべらべら余計なことしゃべりやがって」

魚平の言葉に、肉平は唇を噛んでうつむいている。

「どういうことだ」

状況をつかみかねて、思わず口を挟む。すると、肉平はこっちをキッとにらんで、

「そもそも、父ちゃんが悪いんだ」

と、つぶやいた。

「へ？」

ぽかんとする俺に、魚平が、言うなよ、と小声で肉平をけん制している。

「おい待てよ。どういうことだよ」

二人に聞くも、二人とも下を向いている。

「隠し事するな！　ぜんぶ父ちゃんに言ってみろ。ぜーんぶだ、ぜんぶ！」

そう言って、二人の前に立ちはだかって腕を大きく広げると、二人はそれぞれに俺をにらむように見てから、顔を見合わせた。

「じゃあ、言うからな」

肉平が魚平に言う。うなずきはしないものの、魚平は観念したような表情をする。

「父ちゃんの浮気現場を見たんだ」

肉平がぼそりと言った。

「父ちゃんが、女の人の肩を抱いて歩いているところ見たんだ」

は？　なんのことだ？　俺は、クエスチョンマークだらけの頭で、

「いつ頃の話だ？　どんな女の人だ？」

と、肉平にたずねた。

「二週間くらい前、駅前で。メガネかけてる髪の長い女の人。二人でいちゃついて歩いたあと、うちの車にその女を乗せて走っていった」

俺はめまぐるしく頭を働かせた。カチャカチャカチャカチャ、カッシャーン！　はい、答え出ました。

「……ヨネちゃんだ」

ナポリから帰ってきたヨネちゃんが、成田から電話をしてきたのは、ちょうどその頃だ。一緒にナポリに行った男と向こうでケンカ別れしたらしく、唐突に電話がかかってきたのだった。

成田まで迎えに来て、と無茶ぶりされ、閉口していると、話だけでも聞いてよ、と今度は逆ギレされて、しょうがないので地元の駅まで迎えに行った。

ヨネちゃんは、じゃんじゃん涙を流しながら改札を出てきた。俺の姿を見つけると、

「コウちゃんだけだよ、わたしの話聞いてくれるの。みんな忙しいって言って、誰も付き合ってくれないのお。誰もわたしの話を聞いてくれないのよお」

そう言って、声をあげて泣き出した。仕方なく引きずるようにして歩かせて、うちの車に乗せたのだった。

「あ、あれはさあ、浮気とかそういうんじゃなくて……」

と、訂正しようとしたところ、

「それをわざわざみんなに言う必要あんのかよ！」

と、魚平が肉平に向かって叫んだ。

「こいつ、そんな家の恥を、茶道部の女子たちにおもしろおかしく聞かせてたんだ。父親が浮気して、母ちゃんが怒って家出したとか、そんなうそまでついてさ」

「あ、あの、だから、それは……」

俺の言葉をさえぎって魚平が、肉平に食ってかかる。

「茶道部の女子なんて、みんなおしゃべりなんだよ。あっという間に学校中に噂が広まってさ。クラスメイトや部活の仲間から、からかわれるわ、なぐさめられるわ。俺の立場ぜんぜんねえよ。お前、一体どういうつもりなんだよ」

「お、俺は、ただ冗談で言っただけだ」

「冗談で済むかよ。噂がどんどん広がって、今じゃ、父ちゃんの隠し子が二人もいることになってんだぜ。母ちゃんは精神的にまいって過食症になって太ってるとかさ！」

怒りがおさまらない様子の魚平が、唾を飛ばして続ける。

「父ちゃんと母ちゃんに悪いと思わないのかよ！　肉平がそんな奴だったなんて、がっかりだよ。お前はもっといい奴だと思ってた……」

そう言って、魚平が唇を噛む。

「悪かったとは思ってるよ。茶道部の女子たちが超受けてくれたから、少し盛っちゃっただけだよ」

「噂では、今日明日にでも離婚して、父ちゃんはその女と再婚。母ちゃんは精神科病院に入院ってことになってんだぞ！」

魚平の叫びに、言葉をなくす肉平。アーンド父親の俺。

「わ、わかった。だいたいのことは見えてきた。けど、どうして、魚平じゃなくて魚平の友達が肉平を殴ったんだ？」

俺の質問に、魚平が怒ったように答えた。

「三平だよ」

三平というのは、同じ町内のクリーニング屋の三男坊で、保育園のときからの息子たちの友達だ。

「三平が見かねて殴ってくれたんだよ。茶道部でお立ち台に立って、おもしろおかしく父ちゃんの浮気のことをしゃべりまくってる肉平を見た俺が、頭に来てつかみかかろうとしたら、三平の奴がお前は手を出すなって。お前が手を出したら、噂が本当みたいになっちゃうだろうって。三平だって頭に来てたんだ。あんなによくしてくれたおじさんやおばさんの恥をみんなの前で、尾ひれをつけてスピーチしやがってって」

おじさんとおばさんというのは、この俺とパグ美のことらしい。そういえば、三平は小さい頃からうちに入り浸っていて、息子たちと一緒に遊びに連れてってやったり、家で一緒に夕飯を食ったりしたなあと思い出した。あそこのうちは毎日忙しいから、三平がかわいそうで。

「今じゃ、三平まで父ちゃんの隠し子ってことになってんだよ。実は三つ子じゃないかって」

肉平、魚平、三平。確かに三つ子っぽい。

「それなのに、こいつ、撤回もしないんだ。噂だけが学校中に広まってるっていうのにさ」

魚平の言葉に、肉平がうなだれる。

「だって、今さら言えないじゃんか……」

肉平につかみかかろうとする魚平を、まあまあ、と制する。魚平が俺をにらむ。

「第一、父ちゃんはなんなんだよ。こんな狭い町で浮気とかすんなよ。母ちゃんがかわいそうだろ」

「そうだよ、そもそも父ちゃんが女の人といちゃいちゃしてたのが悪いんだ」

肉平までもが俺を責める。

「いや、だから違うんだって。浮気とかじゃないんだ。あれは高校のときに付き合ってた彼女で……」

と言ってから、ヤバイと思った。なんて余計なことを言っちまったんだ。二人が白い目で見る。

「いやいや、だから違うんだって！　昔の友達だよ。断じてなにもない！　俺は母ちゃんひと筋だから！　本当だ、わかってくれ。息子たちよ」

言えば言うほど、しらけたムードになり、買い物に行く気も失せて、俺たちは近所のラーメン屋で夕飯を食べることになった。

ラーメン屋を出る頃にはすっかり外は暗くなっていた。俺の再三の無実の訴えを、双子の息子たちはしぶしぶと聞き入れ、家に着く頃には少しだけ落ち着いた様子になった。

そして問題の、魚平が友達（三平だ）に指示して、肉平を殴ったというのは、どうやらガセだったらしい。「すみれはうそつきだから」と肉平が言った。すぐに物語をつくっちゃうんだ、と。

俺はグラビアアイドルに似ているすみれ先生の顔を思い出しながら、パグ美は見る目あるなあと尊敬するような気持ちになった。

「とにかく撤回して謝れよ。三平も傷ついてるんだからな」

魚平に諭され、肉平は小さくうなずく。

「父ちゃんも、母ちゃんにちゃんと説明しろよ」

父親の俺まで魚平に諭され、こくりとうなずく。

実は、あのとき。

ヨネちゃんを送っていこうとしたあのとき。ヨネちゃんは「このまま帰りたくない」と言ったのだった。俺の心はおおいに動いた。正直なところ、べつにいっかなあと思ったのも事実だ。でも我慢した。男らしく、夫らしく、父親らしく。

子どもたちが生まれてからは、パグ美とはそういう夜の営み的なことは、ほとんど皆無だった。パグ美いわく、「もうそういうの、やりたくない」とのこと。

「じゃあ、俺は一体どうすればいいんだ」

と訴えたところ、「お金を使っていい」という、あまりにも素っ気ない返事が戻ってきた。本気らしかった。だから俺も割り切っていた。

だからヨネちゃんに誘われたとき、マジで迷ったのだった。だって、なにがしかの感情が介在するひさかたぶりの営みが目の前にぶら下がってんだから。

でも俺は断った。なぜ？　答えは、むろん、パグ美のことを愛しているからだ。


家に帰ってしばらくすると、パグ美がママさんバレーから戻って来た。汗をかいたせいか、顔がぺかぺかと光っている。

「どうだった？　子どもたちのこと、なんかわかった？」

息子たちはすでに、各自の部屋にいる。俺は、今日のことを洗いざらいしゃべった。

ぱっちーん。

ものすごくいい音がした。

ぱっちーん。

左に続き、右。

ぱっちーん、ぱっちーん。

さらに両頬。

それからパグ美は、やにわに俺の携帯を取り上げ、勝手になにやら操作しはじめた。そして、

「もう二度とうちの主人に連絡しないでください！」

それだけ言うと、ぶちっと電話を切り、今かけたであろう相手の電話番号とアドレスを削除した。その相手は、言わずもがな、ヨネちゃんだ。

あっけにとられた。

それから、俺はようやく合点がいった。てっきり、子どもたちに迷惑をかけたことで頬を張られたと思っていたけど、そうじゃなかったらしい。

俺の胸は、なにやらあったかくなった。殴られた頬の熱さとは違う熱さだ。

「パグ美……」

「なによ、パグ美って！」

ぱっちーん。

右をやられた。おれはおのずと、左を差し出す。

パグ美は、「もういいわ」と言って、どすどす音を立てて風呂場に向かった。俺は殴られた頬に手を当てながら、パグ美のたくましいうしろ姿を見つめた。

その日の夜、意を決しておずおずとパグ美に向かって差し出された手は、すげなく払い落とされた。それとこれとは話が違うらしかった。

でも、まあいっか。

一回ヤって双子だもんな。すげえお得じゃないか。あんないい子たちを産んでくれて、パグ美、本当にどうもありがとう。

隣の布団で、がーがーといびきをかいて寝ている、パグ美のしっとりとした体温の熱気をほどよく感じながら、幸せかもな、と俺はひそかに思った。

亮太と神さま

アナタハ　カミヲ　シンジマスカぁ？

大仰《おおぎょう》な外国人訛りの物言いで肩を叩かれ、キャンパスを歩いていた亮太はおもむろに立ち止まった。振り向いたとたん「イタッ」と思わず声が出る。ぴんと立てられた人差し指の爪先が亮太の頬に容赦なく食い込んでいる。

「なにしてるの」

思い切り背伸びをして亮太の肩に手を置いたままの格好で、華音《かのん》が言う。爪は鋭くとがっていて、さらには立体的な花が模してある。

「歩いてたんだけど」

顔を引いて亮太は答える。

「相変わらずつまんないね」

そう言って華音が空を見あげる。亮太もつられて空を見て、思いがけないまぶしさに目をつぶる。ゴールデンウィーク明けの暖かい日。やさしい陽光が亮太の閉じたまぶたの上に降り注ぐ。

「ねえってば」

華音に腕をぐいとつかまれて、亮太は目を開ける。

「あなたは神を信じますかって聞いてるじゃない」

華音は小さい。かかとの高い靴をはいているけど、それでもせいぜい百五十センチくらいだろう。同じ学部で同じクラスの、選択科目もほとんどかぶっている同級生。

「わかんないなあ」

しばらく考えてから、亮太は答えた。

「ねえ、神っていっても、ほらあの薄幸そうな未亡人が幼子を連れて、各家庭を回ってあやしい小冊子を置いていくようなやつじゃないよ。限定された神さまじゃなくてもっとこう壮大な意味での神よ」

華音が言う。亮太はしばし考えてから答える。

「初詣《はつもうで》は毎年行く。困ったことがあるとつい、神さまお願いしますって言ってる」

亮太が言うと、でしょでしょ、そうだよねー、と華音がジャミラみたいな顔で笑った。ジャミラというのは「ウルトラマン」に出てきた怪獣で、かつては地球人だったけれど身体が変異して怪獣になってしまったという切ない過去を持つ。得意技は高熱火炎噴射だ。

三白眼みたいな目で、鼻が上を向いていて、三角形に大きく開けた口から八重歯やすきっ歯が見えるところがジャミラとよく似ている。

「今から神さまに会いに行くんだけど、一緒に行かない？」

地球人が変身した怪獣でいえば、自分はどちらかというと、「ウルトラマンA《エース》」に出てきたウーのほうが好きだなと亮太は思う。娘を守るために化身した怪獣ウー。

「ねえ、ちょっと聞いてんの？　もう授業終わったんでしょ。亮太はサークルも入ってないんだから超ヒマ人じゃん。あたしなんかサークル三つもかけもちしててゲキ忙しいんだよ。なのに誘ってあげてるんだからさあ」

「バイトがあるから」

亮太が答えると「何時から」とかぶせるように言う。亮太は正直に六時と答えた。

「まだ二時じゃん。余裕だよ。行こう行こう」

女の子の誘いを断っちゃいけない、とつねづね両親に言われているせいなのか、亮太は華音の誘いを断ることができなかった。いつもそうだ。華音になにか頼まれるとジャミラに高熱火炎をあびせられたみたいに、ほとんどあきらめの境地になる。

「いったん家に帰りたいから四時には出るよ」

亮太が言うと、おっけおっけ、と華音はグーマークをつくった。

亮太は実家住まいだ。大学までは一時間以上かかる。バイト先は実家近くのコンビニだけど、先日持ち帰って洗った制服を取りに戻りたいし、なにか腹に入れておきたいと考えた。

亮太と並んで歩きながら、華音はさっき同じコマをとっていた教授の髪型について、たのしそうにしゃべっている。かかとが高いせいか何度かつまずき、そのたびに亮太にぶつかってくる。

「スニーカーにすればいいのに」

亮太が助言すると、

「冗談！」

華音は一蹴して、そんなんだから亮太はダメなんだよー、と続けた。それからひとしきりクラスの派手な女子と地味な女子の服装についての考察を述べ、自分はその中間でありたいと言い、商店街で見つけたたい焼きを食べたいと言い募って、なぜか亮太がおごるはめとなった。

「どこまで行くの」

チーズあずき味のたい焼きを食べながら亮太がたずねると、華音は「川」とひとこと答えた。それきりなにも言わないので、亮太は黙ってついていった。華音はスイートポテト味のたい焼きをおいしそうに食べている。

　着いたのは河川敷だった。大きな橋の向こう側にはグラウンドがあり、休日はサッカーやソフトボールの試合で賑やかになる。亮太は去年一度だけクラスメイトに誘われて、野球部の練習試合を見に来たことがあった。

「こっちだよ」

　華音がＪＲの鉄橋のほうを差す。オレンジとグリーンの東海道線の車両が通り、辺りは轟《ごう》音《おん》に包まれた。あまりの大音響に亮太はあんぐりと鉄橋を見あげた。

　ＪＲが通る鉄橋の下には、段ボール箱や発泡スチロール、ビニールシートなどでつくられた住居らしきものがあった。

「こういう映画があったような気がする」

　亮太が言うと、

「これは映画じゃなくて現実よ」

　と華音が鼻をふくらませた。

「こんにちは。華音です。開けますよー」

　華音が、木箱に挟まれたカーテンから顔をのぞかせる。

「弘明寺さーん」

華音が声をかけ、カーテンを開け放つ。

なかには一人の年配の男と一匹の白猫がいた。男は猫を膝に抱いたまま飯盒《はんごう》のなかのご飯を食べていた。缶詰のイワシ煮のようなものも置いてあった。コタツ机とたくさんの毛布。意外と整頓されており、こういう部屋に住んでいる友達も、広い構内をさがせば少なからずいそうだった。

「いらっしゃい、華音ちゃん」

男が言ったとたん猫が飛び出してきて、亮太は思わずあとずさった。

「今日は友達を連れてきました。亮太です」

そう言って華音が亮太の袖をひっぱるので、亮太は挨拶をした。

「はじめまして。わたしは弘明寺と申します」

右手を差し出され亮太は一瞬躊躇《ちゅうちょ》するも、それを気取《けど》られないように右手を出した。亮太は猫アレルギーだ。

「亮太が神さまに会いたいって言うから」

亮太は黙っていた。火を噴くジャミラになにを言ってもしょうがない。

「華音ちゃん。何度も言うようだけど、わたしは神さまじゃないよ。見ればわかるだろ」

弘明寺さんは穏やかにそう言って、ゆっくりと外に出てきた。背が高い人だった。身体をぐるりと回して伸びをする。

「腰が痛くなりませんか」

亮太は聞いてみた。大きな体で小さく丸まって寝るのは大変なことだろうと。

「痛みが過ぎてゆくのをじっと待つだけですよ」

そう言って、弘明寺さんは笑った。笑うとたんに若く見えた。もしかしたら父親と同じくらいかもしれない。

「今日は暖かですねえ。気持ちのいい季節です」

弘明寺さんが再度伸びをする。

「予言者なんだよ、弘明寺さんは」

華音が真似をして腕を伸ばしながら亮太に言う。

「地震も予想してたし、こないだなんてあたしが足をケガをするのも当てたんだよ」

興奮した華音の言葉に、弘明寺さんは困ったように首を振り、観念したように目をつぶった。

「あたし、なにか信じられるものが欲しいんです。弘明寺さんにはじめて会ったときビビッときました。祖母がよく言ってました。神さまは普段は姿を隠してるって。わざと汚い格好してるって」

華音はそこまで言って、ごめんなさいと舌を出した。

亮太を連れてきたというのに、華音は弘明寺さんにべったりで、亮太の存在を無視してしきりに質問をぶつけていた。「なんで猫は猫舌なんでしょう」からはじまり、「人はなぜ生まれてきたのでしょうか」という問いまで、幅広いレパートリーだった。

弘明寺さんは、うーんわからないけど、と前置きしながらも、華音の質問に誠意をもって答えていた。ちなみに「猫はなぜ猫舌なんでしょう」の答えは、「猫舌じゃない猫もいます。昔うちで飼っていた猫は猫舌じゃありませんでした」というしごくまっとうなもので、「人はなぜ生まれてきたのでしょうか」という質問には、少し間を置いてから、「そういうことを考えるために生きているのではないでしょうか。自分が考えて出た答えが正解だと思いますよ」という当たり障りのないものだった。

亮太は川の近くまで行き、日に当たってきらきらと光る水面を眺めた。川は穏やかだった。風も気持ちよくて、何度か大きく深呼吸をした。

平らな石を見つけたので、石投げ水切りをしてみた。ひさしぶりだった。ぽんぽんぽんと三回跳ねた。きれいな波紋が広がる。思いのほか楽しくて、続けて水切り遊びをした。亮太は、小学生のときに一度だけ六回という記録を出したことを思い出した。ものすごくうれしかった。

何度かやってみた。三回、二回と続いた。コツを思い出すかと思いきや、すっかりやり方を忘れてしまったらしく、やればやるほどへたくそになるみたいだった。


たんっ、すささささささささささささささっ

「え？」

石が忍者のようにすばやく水面を渡っていった。唖然としているうちに、次の石が軽快にまた水面を駆けてゆき、数えきれないほどのきれいな波紋をつくった。

「マジかよっ！　すごいっ！」

亮太は大きな声をあげた。

弘明寺さんだった。いつの間にか隣に来て、水切りに参加していたのだった。

「今の、二十回とか軽く超えてるんじゃないですか。すごいですよ。鳥肌もんですよ」

亮太が興奮して言うと、

「毎日これくらいしかやることないですから」

と返ってきた。華音はといえば、まるで魔法でも見たかのようなまなざしで弘明寺さんを

眺め、やっぱり神さまだ、などとつぶやいている。弘明寺さんは、そのすばらしい特技をそれから二度ほど披露してくれた。はやくて数えられなかったけれど、少なくとも二十回以上は確実に跳ねていった。

亮太もフォームを真似てやってみたが、やっぱり三回が限度だった。華音も一緒になってやり出したが、はじめてだったらしく、とぽんっと趣のない音を立てて石は沈むばかりだった。亮太と華音は、つかの間夢中になって水切り遊びをした。

「あ、俺、そろそろ帰ります」

腕時計を見て亮太が言うと、弘明寺さんはゆっくりとうなずいた。華音はおもしろくなさそうに亮太を見たけれど、じゃああたしも、と言って亮太のあとをついてきた。

「また来ます」

華音は最後に大きな声でそう言って、弘明寺さんに向かって全身をバネのようにして手を振った。

家に着いて亮太はシャワーを浴びたあと、台所にあった菓子パンを二つ食べた。食べているときに妹が帰ってきて、

「お兄ちゃんずるい！　わたしも食べたい！　お腹空いたっ！」

と抗議するので、二つ目をひと口食べたところで妹に渡した。

「お母さんは？」

「仕事じゃないかな。俺が帰ってきたときはいなかったよ」

「あー、最近あの雑貨屋はやってるんだよ。クラスの友達にも評判だもん」

「へえ」

雑貨屋というのは母親が勤めている店のことだ。前はパートだったけれどいつの間にか店を任されている。めずらしい輸入雑貨を安価で置いているので、中高生に人気らしい。

「俺、バイトだから。ちゃんとドアの鍵閉めとけよ」

わーってるって。中二の妹はそう言ってシッシと追い払うような仕草をして、兄の亮太を追い立てた。

外はまだまだ明るかった。しずかにゆっくりと暮れてゆく水色の空。亮太は少しだけ郷愁じみた気持ちになる。そして、過去とか未来とかってなんなんだろうなとふと思ったりする。

「おはようございます」

カウンターに入っていた店長に挨拶すると、

「よお、新人類」

と返ってきた。新人類というのがなにを差すのかよくわからないので、亮太はいつものごとく曖昧にお愛想笑いをしてやり過ごした。店長は七十をいくつか超えている。亮太の祖父よりも年上だ。すこぶる元気で、毎朝のウォーキングに腕立て、腹筋は欠かさずに、冬はスキー、夏はジェットスキーなんてのもやっている。血色がよくて、年中ゴキブリの翅《はね》みたいにてかてかしてる。

十八時から二十二時は、お客さんが混み合う時間帯だ。その間に商品が入荷して検品作業もあるから忙しい。

「亮太くんて彼女いるんですか」

レジがひと段落したところで、高校生バイトの女の子が亮太にたずねた。なぜか、くん付けだ。

「いないよ」

亮太は答えた。

「そうなんですかーっ？　意外です。でもうれしいな」

高校生はそう言って、あー恋がしたいと付け足した。気の利いた言葉を言えない亮太は、軽くお愛想笑いをして、乱雑した棚の整理に向かった。

亮太は事務的に仕事をこなす。外はいつの間にか暗くなっている。

「亮ちゃん」

声に振り向くと、ぴゅあちゃんが立っていた。亮太の幼なじみだ。スキンヘッドのいかつい男と一緒だった。見るたびに相手が替わってる。ぴゅあちゃんは堂々とコンドームを購入して、ばいばーいと帰っていった。

いろんなお客さんがいると亮太は思う。その人の生活を少しだけ想像するのはたのしい。そして羨望したり救われたりする。

「お先に失礼します」

時間になって店長に声をかけると、

「おお、おつかれっ。新人類」

と、ぴかぴかの笑顔で返ってきた。

帰宅する亮太が自動ドアの前に立った瞬間、同じタイミングでドアが開いた。お客さんだと思い、端によけると、目の前に立っていたのは亮太の父親だった。

「おお、亮太じゃないか。ナイスタイミングだ」

父が言って破顔する。

「どうしたの、今帰り？」

亮太がたずねると、

「時計を見たら亮太のバイトあがりの時間と合いそうだったから、一緒に帰れるかなあって思ってさ。肉まんも食いたいし」

　と、うれしそうな顔をする。

「え、なに言ってんの。肉まんなんてとっくに時期が終わってるよ」

　亮太が呆れて言うと、父は絶句したあとで、

「食いてえ！　ないと思うと余計に食いてえ！　無性に食いてえ！」

　と、空を見あげて大きな声で叫んだ。結局二人で少し遠回りをして、深夜まで開いているスーパーマーケットに行き、冷凍の肉まんを購入した。

「おい亮太、これ見てみろよ。中華街の名店の豚まんじゃねえかっ！　ついてるぞ、俺たち。ラッキーだ。お前の店に肉まん置いてなくてよかったよ」

　父親が興奮気味に言うので、おかしくなる。ちらちらと星が見える夜空を、亮太はひさしぶりに父と歩いた。

「どうだ、調子は」

「特に変わりはないよ。いつもどおり」

「勉強してるのか」

「うん」

「バイトして、なにか欲しいもんでもあるのか」

「車の免許でも取ろうかと思って」

「おお、そりゃいいな。俺んとこで車買う必要ないから好きな車買えよ。スーパーカーとか」

父は車屋に勤めている。営業一筋だ。

「いや、車はべつに乗るつもりないいんだ。免許だけとりあえず取っておこうと思って」

亮太が言うと、父はほんの少しだけ表情を曇らせ、そうかと言った。

「彼女いるのか」

「いないよ」

「友達と旅行とか行かないのか」

「今んとこ予定ないよ。特に行きたいと思わないし」

「洋服とか靴とか鞄とか興味あるか」

「分相応でいいよ」

「お前はもしかして、アニメとかそういうのが好きなのか」

亮太は首を振った。マンガはけっこう読むけれど、仮想彼女的な好みはない。

「サークルにも入ってないんだろ。スポーツはどうだ」

「なまってきたって思ったら適当に走ってるから大丈夫だよ」

「欲しいもの本当にないのか」

「うーん、特にないかな」

「あっ、もしかしてお前アレか？　ゲイか」

亮太は即座に否定した。そういう趣味もまるでなかった。

「なあ、亮太よ」

父親が真面目な顔で亮太に向き合う。

「俺がお前くらいの年の頃はもっとこうギラギラしてたぞ。欲しいものもたくさんあった。車、バイク、洋服。彼女に買ってあげたいプレゼント。あ、これはもちろんママへの贈り物ってことだからな」

亮太の両親は高校生当時からずっと付き合っていて、そして結婚した。その話はこれまで何度か聞いたことがあった。

「金が足りなくて、仕事終わってからもバイトしてたよ」

「へえ」

「お前、なんかたのしいことあるか」

亮太は少し考えてから、どうかなと答えた。毎日たのしいといえばたのしいし、つまらないといえばつまらないのかもしれなかった。

「亮太を見てるとさ、少しばかり切なくなるんだよな」

父はそう言って、困ったような笑顔をつくった。

日々に不満はなかった。他の人がなにを考えて、どういうふうにして毎日を送っているのかはわからなかったけれど、自分はこれでいいと亮太は思っていた。

「ごめんな。余計なお世話だったな」

「そんなことないよ。心配してくれてありがと」

亮太が言うと、父は、

「本当にいい子に育ってくれたなあ」

と言っておいおいと泣き真似をし、さあ家に帰って肉まん食おうぜ！ と肉まんの入った袋を大きく掲げた。

「ねえ、すごくなかった？ あの人こそ神さまだよ」

四時限目の心理学の授業中、亮太の隣の席にどっかと座って華音は言った。

「確かに水切りは、神レベルだった」

と言う亮太の言葉を無視して、華音は一人でべらべらとしゃべった。

昨日父親が買った肉まんは結局食べずじまいだった。余らせるの嫌だから二人で全部食べちゃってよ、という母の言葉に、二人はカレーを山盛り二杯おかわりし、肉まん分の空きはもはや胃袋のどこにもなかったのだった。

「ねえ、ちょっと聞いてんの？　人の話」

「あ、ああ」

亮太は顔を華音のほうに向ける。今日もジャミラに似ていた。

「もうっ。ほんとに亮太はお気楽でいいよね。いつも飄々《ひょうひょう》としてるし、動じないし、ぽかんとしてるし、俗っぽくないし、ポーカーフェイスを気取ってるし、サークル入ってないし、友達いなくても平気だし、お昼ご飯一人で食べられるし、すかしてるし」

華音が一気に言う。亮太は少しの間を空けて、

「友達いるよ」

と言い、すかしてるつもりはないけど、と付け加えた。

「そういうことところがすかしてんのっ」

華音が思いがけなく大きな声を出し、何人かが亮太たちのほうを見た。華音はその視線とタイミングを敏感に察知して立ちあがり、くるりと回って三百六十度のピースサインをした。

それから、手をメガホンにして、

「二年B組の佐々木華音でーす。彼氏募集中でーす」

と言って、妙なポーズをとった。失笑のようなざわめき笑いが華音の半径三メートル以内

に湧く。

　あっはー、と笑って華音は座り、

「自分のこのお祭り体質、嫌んなっちゃう」

　と小さい声で言った。どこかしらうれしそうだった。

「あのさ、華音は他人に気を遣いすぎなんじゃない」

　シャープペンに2Bの芯を入れながら亮太が言うと、

「それ、どういう意味？」

　と華音が返した。

「いや、今のだってさ。お祭り体質とかお調子者ってわけじゃなくて、なんかこう、無理してる気がするんだよね」

　亮太がテキストをそろえながら言うと、

「なにそれ。ムカつくよ。超ムカつく！」

　と、華音が机を叩いた。その後しばらくの沈黙があった。それから、小さな嗚咽が聞こえはじめた。

「えっ、なんで泣いてるの！　どうしたの？」

　驚くべきことに隣で華音が泣いていた。えっくえっくとやっている。

「ねえ、どうしたの。教授もう来るよ」

亮太が小さく声をかけると、華音はぶるんぶるんと頭を振り、ふりしぼるように、くっと顔をあげた。

「亮太なんかだいっきらい！」

さほど大きな声ではなかったけれど、華音はそのまま荷物をまとめて教室を出て行ってしまったので、近くにいた何人かは興味深そうに亮太のほうを見た。

亮太が茫然としていると、

「亮太、お前、あいつと付き合ってるの」

と村山に声をかけられた。二つうしろの席から見ていたらしい。

「いや、付き合ってないけど」

亮太が答えると、村山は亮太の横に移動して耳打ちするように言った。

「あの子さ、ちょっと危険人物かも。やばい施設に出入りしてるらしいから」

亮太が眉をあげて村山を見ると、新興宗教だよ、とささやくように言った。

弘明寺さんは、今日はトラ柄の猫を膝にのせてひなたぼっこをしていた。亮太が背後から近づいていくと、弘明寺さんは川面を見据えたまま、

「いい季節だね」

と言った。亮太の他に人はいないようだったので、そうですねと亮太は答えた。

「冬は本当に寒いんですよ。凍え死ぬんじゃないかと思うこともしばしばです」

弘明寺さんはトラ猫の眉間をいとおしそうになでている。

「華音来ましたか」

亮太がたずねると、弘明寺さんは「いいえ」と首を振った。

「へえーくしょんっ、くしょんっ、しょんっ、ぶしゅんっ」

盛大なくしゃみを亮太がすると、おや花粉症ですか、と弘明寺さんが亮太のほうを見た。

「いや、すみません。自分、猫の毛がだめなんです」

弘明寺さんは二度ほど大きくうなずいて、

「こういう汚い猫は、特にまずいですね」

と言って猫の尻を押し出すように、ひょいと手離した。それからゆっくりと立ちあがって腰を軽く回してから衣服をざっざっと払い、川の水で手を洗った。

「華音ちゃんがどうかしましたか」

腰にかけたタオルで水気を拭いながら弘明寺さんが微笑む。

「ケンカでもしましたか」

いくぶんおもしろそうだ。「はあ、まあ」と、亮太は頭をかいた。

弘明寺さんは、住居から折り畳み椅子を二つ持って来た。

「どうぞ」

亮太は礼を言って座った。亮太と弘明寺さんは川のせせらぎに耳を傾け、気持ちのいい景色を見ながらしばらくぼうっとしていた。

「日が長くなりました」

「そうですね」

亮太は季節というものの正確さを感じる。

「あの子は繊細ですね」

弘明寺さんが言う。あの子というのは華音のことらしい。

「弘明寺さんは華音とどこで知り合ったんですか」

亮太の問いに、弘明寺さんは人差し指で砂利の地面を差し示し、「ここです」と言った。

「華音ちゃん、いきなり川に入っていったんですよ」

怪訝《けげん》そうな顔で亮太が弘明寺さんを見ると、死のうとしたみたいですよと薄く笑った。

「いつですか」

亮太が聞くと「半月ほど前です」と返ってきた。

「こんな川じゃ、よほどのことがない限り死にませんよ。もう暖かい季節ですしね。最初はなにしてるのかなあと眺めていたんですが、腰のあたりまで川に浸《つ》かってしばらくじっとしてるので、たまらず声をかけたんです」

なにがなんだかわからなかった。頭にもやがかかって、深く白い霧のなかで迷子になって右往左往してるみたいな気分だった。

「わかりません」

亮太は言った。

「俺は、ものごとをそんなに深く考えたことがありません。死にたいって思ったことが一度もないわけじゃないですが、そんなのうそっぱちです。そのときの気分で言っただけです」

弘明寺さんはすがすがしいような表情をしていた。

「あなたみたいな人を、華音ちゃんはまぶしく思うのでしょうね」

弘明寺さんが言う。

「俺のどこがですか」

昨日も父親に、なにがたのしくて生きてるのかと聞かれたばかりだったので、少しひっかかるものがあった。

「じつにまっとうです」

と弘明寺さんは答えた。けれどその言葉は、亮太がうなずくほどの説得力はなく、かえってうらさびしいような心持ちになった。

「華音が弘明寺さんのことを、予言者だって言ってましたよね」

亮太が言うと、弘明寺さんはふうっと鼻から息を吐き出して、「うそですよ」と言った。

「地震や足のケガを当てたって」

弘明寺さんは頭をゆっくりと振った。

「地震のことは、ここより先の海の河口付近で死んだクジラがあがったり、見たことのないような深海魚があがったりしたと聞いたので言っただけです。足のケガに気をつけてと助言したのは、華音ちゃんがやけにかかとの高い靴をはいているからですよ。それだけです」

亮太がぼんやり弘明寺さんを見つめていると、

「こんな落ちぶれた神さまなんて、いやしませんよ」

と、弘明寺さんはしずかに笑った。

夕方の陽光が二人を包んでいた。夏に向かう春の陽気は、まるで踊っている音符のようだ。

「水切りやりますか」

弘明寺さんがにわかに立ち上がった。亮太もつられて立ち上がり、それから夢中になって平らな石をさがした。

亮太は深呼吸をしてから、川に向かって投げた。三連バウンドだった。弘明寺さんがポーズをとる。右手をうしろに大きく振りかぶり、水平に近いフォームで小石は水面を流れるように跳ねていった。

一、二、三、四、五、六、七、八、九、十、十一、十二、十三、十四、十五、十六、十七、十八、十九、二十、二十一、二十二、二十三、二十四、二十五。

「すごいっ！　二十五回ですよ！」

弘明寺さんが続けて投げる。今度は二十八回だった。その次は三十回。二十二回。

「どうやるんですか。コツを教えてください」

「石が投入される角度、速度、回転。いろんな条件があるらしいですよ」

亮太はうなずく。

「連立方程式を立てた物理学者もいるそうです」

弘明寺さんが言う。

「けれど、いちばん大事なのは感性です。自分で自分のやり方を見つけるのが、いちばんいいんですよ」

弘明寺さんはそう言って、投げやすそうな石をいくつか亮太に渡した。亮太はフォームや角度を変えて、何度も何度も水切りをした。あ、と思うときがあった。石を手放した瞬間、なにかがしっくりきた。七連打だった。それ以降は十連前後を繰り返した。

「筋がいいですね」

弘明寺さんが言った。

暮れてゆく川原の景色は美しかった。ピンク色に染まってゆく空。風にそよぐ新しい緑の雑草たち。雲から顔を出した夕日が色を変えて、川面をオレンジ色に染める。

亮太の心にまたふいに、郷愁のようなものがおそってきた。懐かしくてやさしくていとしくて切ないあれだ。亮太はその面倒くさい感情に、少しだけ目を向けてみた。幼い頃の記憶の断片が浮かんできて、わずかに胸をざわつかせたけれど、それは決して不快な感情ではなかった。むしろ、人間くさくて温かいものだった。


帰り道のたい焼き屋で、亮太は華音を見つけた。華音が代金を払おうとしたところで「白玉あずきも一つ」と亮太は言って、華音のプレミアムカスタード味の分と一緒に勘定を払った。

「あんたが勝手に払ったんだからお礼は言わないから」

華音がそう言って、足早に行こうとする。

「どこに行くんだよ。弘明寺さんならいないよ」

日暮れから深夜までの日雇い仕事が入っていると、さっき弘明寺さんは言っていた。そろそろ出かけた頃だろう。

「なんでそんなこと知ってるのよ。行ったわけ？」

亮太はうなずいた。

「暗くなってきたから帰ろう」

亮太がそう言って華音の腕をとると、

「触らないでよ！　だいっきらい」

と、思い切り振り払われた。

「さっきのこと。なにか気に障るようなこと言ったとしたら謝るよ。ごめん」

ふんっ。華音は鼻息荒く、猛然と歩き出した。川原とは逆方面に方向転換したので、ほっとした。

「なによ。ついてこないでよ」

そう言いつつも、強固な拒否ではないようだったので、亮太は華音のあとをついていった。

「なにしに行ったわけ？」

ずんずん歩きながら華音が言う。

「水切りを教えてもらいに行った」

亮太が言うと、ばっかみたい、と一蹴された。

「なにか聞いたわけ？」

華音が急に立ち止まって亮太を見据える。なにも、と亮太は答えた。

「はんっ」

ずんずんと歩く華音の横に並んで、亮太は一緒に歩いた。紺色のきれいな空だ。

「……ないじゃん」

「え、今なんか言った？　聞こえなかった」

華音は亮太に向き直り、明瞭な声で、

「弘明寺さんが神さまだなんて、本気で思ってるわけないじゃん」

と言った。

「神さまなわけないじゃない」

今度は怒鳴るように言う。

「亮太だっていろいろ聞いてるんでしょ。わたしはね、本当にわからないの、いろんなことが。どうやって友達をつくっていいのか、どうやったらみんなと仲よくなれるのか、そういうのがさっぱりわからないわけ。もうさ、小、中、高ってずうっといじめられてたんだから。生きてるのが奇跡ってくらいのいじめだったんだから」

そんな話、これまで聞いたこともなかったので、亮太はたじろいだ。

「有名な話じゃん。なんで知らないのよ」

ごめん、と亮太は謝った。

「大学で変わろうと思ったけど、やっぱむずかしい。男子とならまだしゃべれるけど、女の子とはうまく話せない。自己啓発セミナーとかいろいろ行ったけど無理。新興宗教に入れ込んでるとか噂されちゃうし」

ああ、それなら知ってる、と亮太は答え、なんで知ってるのよ！　とまた怒られた。華音が駆け足のように歩きはじめたので、亮太も遅れないようについていった。

「亮太みたいになりたい。ものすごく楽そうだもん。テキトーで、いつでも俺は関係ないですみたいな顔して。超ムカつく。どうせ悩みなんてなにもないんでしょ。友達をつくろうなんて思ったこともないでしょ。っていうか、友達とかいなくても平気でしょ。ほんといいよね。ずるいよね」

歩きながら華音が途切れることなく文句を言う。亮太は黙って聞いていた。

「でもさ、弘明寺さんに会ってから、ちょっとだけ運気があがってるのはほんとなんだ。クラスの好恵や、サークルのミカポンとかとも打ち解けて話せるようになってきたし。だからさ、弘明寺さんは神さまでいいじゃん。そういうことにしてくれればいいじゃん。

つべこべ文句言わないでよね。誰になにを聞いたか知らないけど、勝手な憶測で人を判断するのはやめてほしい。神さまはいるんだよ。いなくちゃ世界がないじゃん。そうでしょ。ねえ、そうでしょ、亮太」

　華音が立ち止まって、亮太のみぞおちをピンポイントで突くので、

「うん、まあ、そうかも」

と亮太は答えた。それから急に思い立ったように華音が、カラオケに行きたいと言いはじめた。

「めちゃくちゃカラオケ行きたい。カラオケ付き合ってよ。泣かせたお詫びにさ」

　亮太は、大きくゆっくりとうなずいた。


カラオケボックス。華音はほとんど一人で制覇した。四時間の歌プラス飲み放題コース食事付きを頼み、華音はマイクを持ちながらも、飲食ペースを落とすことなく器用に飲んで食べて歌った。華音がトイレに立ったときだけ、亮太は歌うことができた。

「なんかたのしいっ！」

　あくびをしたり、足をかいたり、寝そべったり、化粧を直したりしながら、好きな歌を歌う華音はとても自由に見えた。かわいいと言っても、まあいいんじゃないかというレベルだ

った。

「はーっ、なんかすっきりした！　ありがと亮太」

会計を済ませた亮太に、華音がさっぱりとした笑顔を見せた。

「今日、持ち合わせがないから、今度会ったとき返すね」

亮太はちょっとだけびっくりして、首を振った。

「こういうときのためにバイトしてるんだよ」

そう言ったら、なんだか自分まですっきりとした気分になった。

華音がトイレに行くというので入り口で待っていると、自動ドアが開いたと同時にどどどー、とおじさんたちがなだれ込んできた。三人の大人が肩を組んでいる。すでにかなり酔っているらしかった。亮太が見るともなく眺めていると、そのうちの一人に指を差された。

「亮太じゃねえか！」

言葉を返す間もなく、

「亮太！」

と声がかかった。見ればそこで肩を組んでいる三人組の一人は、亮太の父であった。父と一緒にいるのは、父の高校時代の友人の二人だ。マッハおじさんとキャメルおじさん。以前はよく家に遊びに来ていた。

「なにしてんの」

亮太がぽかんとしてたずねると、「お前こそー」と三人にそろって突っ込まれた。

「俺は大学の友達とちょっと」

亮太が言うと、コレか？　と言ってキャメルおじさんが小指を立てる。

「クラスメイトの女の子ですよ」

と亮太は答えた。

「亮太あ、お前いくつになったんだよう」

マッハおじさんだ。ハタチです、と答える。

「ハタチい？　おいおいおいおい、亮太がもうハタチかよっ。俺も年とるはずだわ」

そう言いながら、げらげらと笑っている。

「マッハはよう、ようやく昨日父親になったんだぜ」

キャメルおじさんが言う。

「マッハのところに、昨日、男の子が生まれたんだ」

亮太の父が真面目な口調で、続ける。

「この近くの産院なんだ。さっきキャメルと一緒にお祝いがてら赤ん坊見てきたんだよ。かわいかったぞう、小さくてなあ。お前が生まれたときのことを思い出したよ」

そんなことを、酒臭い息で言う。

「今日はお祝いだ。ママに帰り遅くなるって言っといてくれ」

父の言葉にかぶせるように、キャメルおじさんが、めでたいめでたい！　と叫ぶ。

「俺はうれしいぞお！　パパになったぞう！」

さらなる上をゆく絶叫はマッハおじさんだ。他のお客が迷惑そうに三人を見ている。

三人は肩を組んだままで受付を済ませ、指定された部屋番号に向かって歩き出した。

「じゃあな、亮太！」

「またな！」

「ママによろしくな」

三人三様に亮太に声をかける。

「なに、誰よあれ、大丈夫？　からまれてたの？」

華音だった。トイレから戻ってきたらしかった。

「おおっ、見ろよ」

キャメルおじさんがめざとく華音に気付いて、残りの二人に声をかける。気付いた父はニヤニヤと笑い、マッハおじさんはピースサインをつくった。

「ジャミラだ」

と言ったのはキャメルおじさんだ。マッハおじさんも「似てるなあ」とうなずく。父だけは気を遣ったのか神妙な顔をしていたけれど、肯定気味の表情だったのは確かだ。

「なんなのあれ？　亮太の知り合い？　なにジャミラって？」

亮太は、なんでもないよ、と慌てて首を振った。

「やだよね、ああいう酔っ払い」

華音が顔をしかめる。

三人組は、部屋のドアをあけっぱなしでしゃべっているのか、騒々しい声がこちらにまで届く。四十六歳の男たちの地響きのような野太い声だ。

「あははっ、大の大人がばっかみたい」

華音が笑う。

「でも、たのしいんだろうね、きっと。ちょっとうらやましいな」

華音の言葉に、亮太はくすくすとおかしくなって、それから何度もうなずいた。

「かっこいいよ」

三人のおじさんが消えていった部屋に向かって、亮太は小さくつぶやいた。

初出

ゲイリーの夏　小説すばる　２００８年６月号
「ゲイリー」改題

まりあの王子さま　小説すばる　２００８年11月号

本社西部倉庫隣発行部課サクラダミュー　小説すばる　２００９年５月号
「本社西部倉庫隣発行部課」改題

マッハの一歩　小説すばる　２００９年11月号

希望のヒカリ　小説すばる　２０１０年３月号

ドンマイ麻衣子　小説すばる　２０１０年５月号

愛の愛　小説すばる　２０１０年９月号

キャメルのメランコリ　小説すばる　２０１０年11月号

亮太と神さま　書き下ろし

本書は文庫オリジナルです。

どんまいっ!

椰《や》月《づき》美《み》智《ち》子《こ》

平成24年4月15日　初版発行

発行人――石原正康
編集人――永島賞二
発行所――株式会社幻冬舎
〒151-0051東京都渋谷区千駄ヶ谷4-9-7
電話　03(5411)6222(営業)
03(5411)6211(編集)
振替00120-8-767643
印刷・製本―株式会社 光邦
装丁者――高橋雅之

幻冬舎文庫

ISBN978-4-344-41855-4　C0193　や-24-2